KB058735

내가 소홀했던 것들

완전하지 못한 것들에 대한 완전한 위로 ───────

내가
소홀했던 것들

흔글
지음

알에이치코리아

고등학교 시절 나는 교과서 대신 시집을 달고 살았다.
굳이 긴 말을 늘어놓지 않아도
단번에 사람의 마음을 매료시키는 그 짧은 문장에 빠져 있었다.

훌륭한 시를 읽는 것만으로도 좋았지만
언젠가부터 작은 욕심이 생겼다.
내 마음을 글로 표현하고 싶은 욕심.

그래서 나는 글을 쓰기 시작했다.
시간이 갈수록 글은 쌓여갔고 독자 중에서는
나의 글을 읽고 치유받았다고 말하는 사람들도 많아졌다.

그런데 글들이 쌓여갈수록
마음 한구석에는 여전히 채워지지 못한 공간이
남아 있다는 것을 깨달았다.

내가 잠시 놓쳤던 것들,
뒤돌아 떠올리면 아쉬워지는 일, 순간, 사람…
내가 소홀했던 모든 것들에 대하여.

나는 이 책이 쉴 새 없이 앞으로 달려갔던 사람들에게는
잠깐 숨을 돌리고 뒤를 돌아볼 수 있게 하는 책이,
순간순간이 소중하지 않다고 생각했던 사람들에게는
그들이 놓친 소중함을 되찾아주는 책이,
삶은 안간힘을 쓰며 버텨내야 하는 것이라 여겼던
지친 사람들에게는 작은 위안이 되는
그런 책이 되었으면 한다.

멋진 내일도 좋지만 후회 없는 오늘을 사는 게
어쩌면 조금 더 중요한 것일지도 모른다.
오늘도 결국엔 어제가 되니까.

우리가 놓쳤던 것들, 소홀했던 것들
그것들을 다시금 떠올려보면 알게 될지도 모른다.

조금 덜 소홀한 오늘을 사는 방법.

1
단어와 기억을 마음에 새기다

▲▲▲

Contents

2
그 말 속에 쓸쓸한 바람이 분다

◆

3
그때 듣고 싶었던 그 말,
나에게 해주고 싶은 그 한 마디

●●

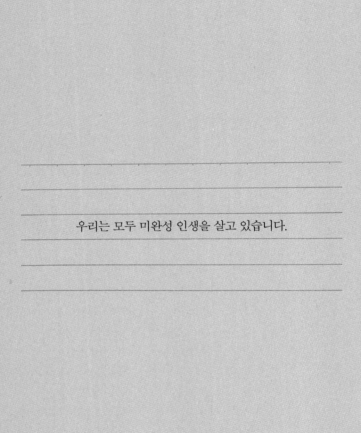

우리는 모두 미완성 인생을 살고 있습니다.

수많은 것들을 사랑하느라

오히려 놓친 것들이 너무 많다.

반성의 마음으로 또다시 사랑해야지.

1

단어와 기억을
마음에 새기다

△ 단어의 기억

요리사가 요리에 필요한 재료들을 꼼꼼히 고르는 것처럼 나는 글을 쓸 때 나의 생각에 가장 근접한 단어를 고르고 고른다. 그렇게 완성된 단어가 주는 힘은 상당하다. 옛날에 자주 들었던 노래를 다시금 들어보면 그때 추억들이 새록새록 떠오르는 것처럼, 단어 속에도 그런 기억들이 담겨 있다.

1년 뒤, 5년 뒤, 나의 마음속에 기억될 단어는 어떤 단어일까. 나는 어떤 단어에 마음을 뺏기고, 또 그 단어에는 어떤 사연을 담게 될까. 나와 가장 잘 어울리는 단어와 그 단어를 닮은 사람을 만날 수 있을까.

△ 발표 시간

내게로 쏟아지는 눈길들이 부담스러웠던 첫 기억은 중학교 시절 발표 시간이었다. 그날의 주제는 내가 가진 장점과 단점, 장래 희망, 취미에 대한 것이었는데, 정작 나가서 발표하는 것보다 더 힘들었던 것은 나눠 받은 종이에 스스로의 단점과 장점을 써내는 일이었다. 나에 대해 알고 그것을 남들 앞에서 설명하라는 것, 그러나 그 나이에 무엇을 알 수 있었을까. 지금까지도 나는 나를 잘 모르겠는데. 지금도 누군가 "당신의 장점이 뭔가요?"라고 물으면 적당한 말이 떠오르지 않아 "나쁜 사람은 아니에요"라고 할 정도니까.

한참 고민하던 나는 스스로 느끼고 있는 단점들을 서둘러 적고 옆에 있던 짝에게 나의 장점에 대해 물었다. 내가 알고 있는 것보다 매일 가까이에서 나를 보는 짝의 눈이 더 정확할 것 같았다. 나의 장점이 무엇이냐는 물음에 그 애는 신중한 것이라고 했다. 그 이유를 물었더니 처음에는 조금 소심한 것 같았는데 다른 애들이 가볍게 생각하고 쉽게 행동하는 반면 너는 신중한 편이라고, 그래서 다른 아이들과는 달리 행동에 무게감이 있어서 신뢰가 간다고. 그 말을 듣고 나는 단점에 적은 소심함이란 항목을 바라보았다.

'나는 소심하다고 적은 것을 친구는 신중하다고 바라봐준 거구나. 똑같은 것도 시선의 차이에 따라 이렇게 다르게 생각할 수 있구나.'

그날 이후로는 누군가 "어떤 성격을 가지고 있나요?" 하고 물으면 "그냥 조금 신중한 편이에요" 하고 대답한다. 나의 소심함을 신중함으로 바라봐준 친구 덕분에 단점을 장점이라고 생각하며 지금까지도 잘 살고 있다.

△ 무모한 여행

우리만 아는 이야기를 하고 웃는다는 것,
그보다 더 로맨틱한 순간이 있을까.

우리는 지난 2월 파리로 떠났다.
우리가 서로를 몰랐던 때
혼자 떠나기로 결정했던 그녀의 여행에
뒤늦게 내가 합류하게 된 경우라서
모든 계획은 그녀 중심으로 움직였다.

그럼에도 아무런 불만은 없었다.
나는 그녀와 함께 하는 것만으로 좋았고
파리에 가는 것 자체로도 행복했기 때문에.

항공권은 그녀보다 늦게 구매했지만
운 좋게 그녀의 옆자리를 사수할 수 있었고
긴 비행 동안 우리는 서로의 어깨에 기대 잠을 자기도
영화를 보며 같은 장면에 웃고, 울기도 했다.

파리에 도착한 우리는 생각보다 무모했다.
프랑스 일상 회화 몇 개를 배워가기는 했지만,
정작 그들이 말하는 것은 알아듣지 못했으니
그들이 우리를 보며 얼마나 당황스러웠을까.

마치 외국인이 우리말로 "이거 얼마예요?" 하고 묻길래
한국말을 할 줄 아나보다 하고
"만 오천 원이요"라고 답했더니
전혀 알아듣지 못하는 것과 같았으니까.

어쩌면 나의 무모한 여행은
그녀와 만난 지 얼마 되지 않았을 때
덜컥 항공권을 구매했던 그때부터 예정된 것일지도 모른다.

하지만 나는 이런 무모함이 좋다.
무모함은 때로 예측할 수 없는 순간을 만들어내고
또 지나고 보면 무모할 수 있었기에
말로 설명할 수 없는,
형용할 수 없는,
날들이 마음속에 간직된다.

내가 그때 무모하지 못했더라면,
파리의 여러 곳을 다니며 많은 사람을 보고,
한국과 다른 거리를 걷고,
젓가락이 없는 숙소에서 지내고
퀴퀴한 냄새가 나는 지하철을 타고 이동하며,
음식이 느끼하다며 콜라를 꼭 주문하며 느꼈던,
낯선 설렘 또한 모두 느낄 수 없었을 것이다.

△ 김밥

한 달에 한 번은 그녀의 도시락을 쌌다.
그녀의 우울한 마음을 조금이라도 달래주고 싶어서.
몇 스푼이라도 덜어주고 싶어서.

봄기운이 스멀스멀 올라오는 날
그녀의 도시락에 난생처음 김밥을 만들어
넣어주었을 때부터였을까.

속에 들어가는 재료만 바꿔도
김밥의 이름이 달라지는 것이 재밌었다.
삼겹살을 넣으면 삼겹살 김밥,
참치를 넣으면 참치 김밥.

그래서 이제는 김밥이 사람 같기도 하다.
속에 뭐가 들었는지에 따라서
사람도 다르게 보이니까.

나는 다정한 사람일까,
누군가에겐 최악인 사람일까.

속에 무엇이 들었는지 궁금해하기 전에
겉으로 싸여 있는 것들을 먼저 사랑하지는 않았나
하는 생각이 문득 머리를 스쳤다.

△ 마카롱 이야기

사랑은 그 사람의 웃음을 보기 위해 사는 일 같아요. 저는 사실 마카롱을 올해가 되어서야 처음 먹어봤어요. 그 사람이 마카롱을 너무 좋아해서요. 처음에는 실망했어요. 제 상상 속 마카롱은 작은 케이크처럼 부드럽고 폭신한 느낌이었는데, 생각보다 딱딱하고 쫀득한 식감이었거든요. 확실히 제 취향은 아니었던지라 카페에 갈 때마다, 그 사람이 마카롱을 먹으면 옆에서 멀뚱멀뚱 지켜보기만 했어요. 그 사람이 가끔 한입 먹어보라고 권할 때면 너 많이 먹으라며 음료만 마시곤 했죠. 근데 그런 제가 이제는 그 사람과 함께 먹는 것도 모자라, 혼자 사서 먹기까지 해요. 부드럽지 않고 쫀득해서 싫었던 마카롱이, 부드럽지 않고 쫀득해서 좋아져서요. 사랑이라는 게 참 기분이 좋아요. 사랑하는 만큼 후회한다는 것은 적어도 제게는 해당하지 않는 말인 것 같아요. 조금만 더 그 사람을 생각하고 행동하면 얼마나 환한 미소를 볼 수 있는데요. 그리고 그 미소는 앞으로 이 사람을 더 힘껏 사랑해야겠다는 다짐을 만들어내죠. 비교적 시간이 많은 저는 그 사람을 생각할 수 있는 시간이 더 많지만, 회사와 일 때문에 바쁜 그 사람이 나를 신경 쓰느라 애쓰는 건 아닐지 걱정이 돼요. 사랑이 어려워서 조금 느릴지라도 최소한 힘들지는 않았으면 해서요. 빠르지도 느리지도 않은 적당한 속도로 내 곁에 머물러만 줘도 좋겠어요.

조금 그리고 자주 웃는 그 사람의 얼굴을 오래도록 볼 수 있도록.

△ 순간을 소중히

문득 과거의 나를 돌아보았을 때, 청춘의 장면들이 툭툭 끊기는 모습으로 남아 있으면 어떡하지라는 걱정이 들었다. 그렇기 때문에 우리는 살면서 많은 프레임들을 만들고, 기억하기 위해 노력해야 할지도 모른다고 생각했다. 그러기 위해서 우리의 삶 속에서 이야기가 흐르도록 해야 하고, 그 이야기를 만들기 위해 이런저런 일들을 겪어내야 한다고.

오늘 하루도 가고, 내일도 슬그머니 온다. 이런 반복된 일상 속에서 우리가 해야 할 것은 하나다. 시간이 오래 흐른 뒤에도 마음에 남아 있을 만한 순간을 만들기.

△ 안정

바라보면 마음이 안정되는 색이 있다.

그 색과 닮은 사람을 만나면 오히려 가슴이 소란해지지만.

△ 대화라는 것은

물고기를 들어 올리는 것처럼
단 한 사람이라도 신중히 대하는 일.
마음에 와닿지 않는 단어는
어린 물고기를 물로 돌려보내듯
때를 기다려서 마음에 다시 담아두는 일.

대화라는 것도 어쩌면 낚시처럼
마음속에서 단어를 건져 올려
요리를 하는 것인지도 모른다.

바다 앞에 가만히 앉아
물의 흐름을 느낀다.
그 속에 숨 쉬는 생명들로
멋진 요리를 할 수 있기를.

△ 인생 최고의 순간

인생 최고의 순간은 정해져 있는 것이 아니다. 많은 사람들은 말한다.

'20대가 아름다운 시기지.'

'아니, 30대부터가 진정한 삶이야.'

하지만 현재가 불안하고 힘든 나는 그 말들을 이해하기 어려웠다. 내가 정말 꽃다운 나이고, 그 자체로 아름다운 시기를 살고 있는 거라면 왜 나는 계속되는 걱정에 잠도 편하게 들 수 없는 걸까.

대학교에 다니는 학생들은 휴학 문제로도 고민이 많다. 학업을 잠시 쉬고 삶을 둘러볼 기회를 갖는 것이 휴학인데, 나중에 취업 준비할 때를 대비해서 쉬는 동안에도 취업에 도움 되는 활동을 해야 하니 쉬기도 전에 지쳐버리는 것이다.

내가 살면서 가장 지키기 어려웠던 약속은 남들이 말하는 것을 귀담아듣되, 흔들리지 않는 결정을 하자는 자신과의 다짐이었다. 내가 생각한 길에 확신을 가지고 있더라도 주위에서는 안 좋은 말들을 보태면 확신에 찼던 마음도 점점 약해지게 되어 수시로 결심했던 것들이 물거품이 되곤 했다.

하지만 각자 겪은 삶으로 이루어진 남의 말들을 크게 신경 쓰지 말아야겠다고 다짐한 순간부터 세상이 정말 다르게 흘러갔다. 주위에서 극구 반대하던 것들도 막상 해보니 정말 재밌었고, 네 생각처럼 안 될 거라 고개를 젓던 일들도 내 생각처럼 잘 됐다. 남의 말에 내 인생을 끼워 맞추지 않으니 진정한 내 삶의 날들이 시작된 것이다.

이 세상에는 휴학하고 반쯤 놀다 워홀working holiday을 가서 인생 최고의 순간을 느끼고 돌아오는 사람도 있고, 그토록 바라왔던 학교에 들어가서도 만족하지 못해 자퇴하고 자신만의 길을 찾아가는 사람도 있다. 만약 그 사람들이 주위 사람들의 말을 들었다면 살면서 가장 행복했던 그 순간을 만끽할 수 있었을까.

인생 최고의 순간은 어쩌면
남들이 걱정하는 그곳에
숨어 있는지도 모른다.

△ 나의 빙점

누구나 산책을 한다.
물속에 빨간 물감 한 방울 툭 떨어뜨린 것처럼
나무들이 옷을 갈아입는 계절에는.

'가을 같다.'

누군가 내게 넌지시 던진 말이었다.
툭 건들면 타박타박 소리를 내며
금세 얼어버릴 것 같다나.
어쩌면 나의 빙점은 생각보다 높을지도 모른다.

나의 그녀는 마른 낙엽을 자주 밟는다.
약간의 강박이 있어 지하철역에서 집으로 가는 길 내내
꼬박 밟다가, 오늘은 밟지 않겠다고 말한다.

그러면 나는 말없이 낙엽을 찾아
그녀의 앞에 둔다.
그럼 그녀는 마지못해 낙엽을 밟으며 웃는다.

그 웃음을 보고 있으면
내 안에서 바스락거리는 소리가 퍼진다.
겨울이 와도 얼지 않을 것 같은
따뜻한 착각을 하게 된다.

△ 즐거운 사랑

언제든지 즐거운 사랑은 없다.
다툼이 없는 사랑 또한 없고 균열이 있어야만
더 단단해질 기회가 생긴다.
세상에는 절로 웃음이 나는 관계가 있고
내가 웃어야만 유지되는 관계가 있다.
그 둘의 공통점은 항상 웃는 거지만 사실 크게 다르다.

언제든지 웃어주는 사람은 없다.
당신의 옆을 함께 걷는 그 사람이
항상 웃어준다는 보장이 없다는 소리다.

그러니 누군가가 당신에게 애정을 줄 때는
당연하다 생각하지 말고, 무심히 바라만 보지 말고
반응할 줄 아는 사람이 되기를.

열차를 떠나보내는 미련한 승객이 되지 않고
스스로 정류장이 되어 사랑을 받아들일 수 있게.

△ 산다는 것

우리가 사는 것은 어쩌면
큰 퍼즐 하나를 완성시키는 과정과 같다.

조금 이른 나이에 완성되는 퍼즐도 있고
대기만성처럼 늦은 나이에 완성되는 퍼즐도 있다.

하지만 생각보다 이런 사람도 많은 것 같다.
퍼즐 몇 조각이 모자라서
어쩔 수 없이 아쉬운 마음으로 살아가는 사람.

우리가 잃어버린 퍼즐 조각은 무엇이었을까.
그리고 잃어버릴 조각은 또 무엇일까.

하루하루를 소홀히 대하지 말자.
모든 순간을 소중하게 생각하자.
퍼즐에서 쓸모없는 조각은 없으니까.

△ 곁을 내어주는 일

마음을 주는 일은 내 공간을 내어주는 일이다.
상대가 들어올 정도의 자리를 만들어주는 것이다.
아무리 애써도 상대에게 틈이 보이지 않을 때는,
나에 대한 마음이 없다고 생각하자.
마음이 있다면 머뭇거리면서도
서 있을 공간 정도는 만들어 주는 게 사람이다.

하지만 착각하지 않아야 한다.
공간을 내어주었다고 해서
나의 삶을 침범해도 된다는 뜻은 아니다.
단지 서로 내어준 공간 안에서 함께 하자는 의미일 뿐이다.

내가 온기를 조금 나누었다고 해서
나의 따뜻함을 모두 가져갈 순 없는 것처럼,
내가 공간을 내어주었다고 해서
나의 모든 공간에 들어올 수 있는 것은 아니다.

△ 친구의 의미

예전에는 친구들과 있으면 낙엽 떨어지는 것만 봐도 웃음이
나고 학교에서 집으로 돌아가는 길을 함께 걷는 것만으로도
재밌었다. 그때는 친구들이 항상 내 주변에 있을 것 같았다.
같은 동네에 살던 친구들이었으니 나이를 먹더라도 마음만 먹
으면 언제든 만날 수 있을 것 같았기에. 하지만 언제나 곁에
있을 것 같았던 친구들마저 하나둘 이사를 하고 대학, 군대 등
각자의 사정에 따라 이곳저곳 흩어지게 되자 동네에 남아 있
는 친구는 몇 되지 않았고, 그마저도 시간을 내 만나기가 쉽지
않았다.

그 순간 현실이라는 벽이 확 와닿았던 것 같다.

그러던 어느 한가로운 금요일, 약속이 없다던 친구를 만났다.
그 친구는 먼 곳으로 학교를 다니느라 가까운 곳에 살면서도
자주 만나지 못했던 친구였다. 오랜만에 만나 옛날 얘기도 하
면서 서로 기억하고 있던 추억들을 자랑처럼 꺼내놓기도 하고
친구의 의미는 무엇일까 하고 깊은 대화도 나눴다.

친구의 의미. 예전에는 그저 내 곁에 있는 친구들, 힘든 일이 생기면 무조건 달려와줄 친구들, 만나면 재미있는 친구들이었던 것 같은데, 이제 친구의 의미도 나이와 함께 성장하며 바뀐 것 같다. 나이가 나이인 만큼 서로의 미래도 생각해주고, 조금 먼저 취업해서 상황이 여유로워진 친구는 아직 길 위에서 방황하는 친구에게 손을 내밀어주는.

그저 웃음만 가득한 사이가 아닌
오랜 길을 함께 갈 준비를 하는
그런 의미가 된 것이 아닐까.

△ 꿈을 꾸고 있다는 것

페이스북에서 한 영상을 봤다.

'제53회 백상예술대상 축하무대'. 늘 그랬듯 인기 가수가 나와 멋진 춤을 추거나 개그맨들이 우스꽝스러운 분장으로 웃음을 주는 것이 아닌, 33명의 단역 배우들의 합창으로 무대를 꾸몄다는 이야기였다.

처음에는 별생각 없이 영상을 보았다. 우리가 SNS를 하면서 소비하는 무수한 영상들과 다를 것 없이.
'나는 매일 꿈을 꾼다.'
화면에 뜬 이미지와 함께 떨리는 목소리가 들려왔다. 그 순간부터였을까. 심장이 쿵 하고 내려앉았다. 카메라에 잡히는 배우들의 얼굴, 진심 어린 목소리.

단역 배우들의 수많은 세월과 주목받지 못하고 있는 현실을 공감한다는 듯 눈물을 흘리는 스타 배우들을 카메라에 비출 때면 내 가슴도 똑같이 젖어들었다.

저런 게 꿈이구나. 내가 지금껏 생각해온 꿈들이 가볍게 느껴졌다. 저들이 말하는 꿈은 저렇게 떨리는 호흡으로 가득한데, 내가 간직한 꿈들은 어쩌면 삶을 편하게 살아가려는 수단이었을지도 모르겠다는 생각이 마음을 스쳤다.

영상에 관심이 많았고 관련 학과를 다닌 적이 있는 나는 현장이 얼마나 힘든 곳이고 정신없는 곳인지 안다. 영화와 드라마. 그곳에는 수많은 배역이 있다. 물론 우리가 기억하는 사람들은 이름이 알려진 주연 배우들이겠지만 무대 위에 선 단역 배우들이 없다면 영화는 완성되지 않는다.

창밖을 보면 늘 풍경이 존재하고 무심코 하늘을 올려다보면 구름이 있고 별과 달이 항상 빛나는 것처럼 긴 이야기 속에 있는 주연 배우, 단역 배우, 스태프들은 서로에게 풍경이고 별과 달이고 구름인 것이다.

한 사람도 없어서는 안 되는 중요한 사람.

그래서 무대 위에 서서 무대 아래에 앉아 있는, 유명한 배우들을 바라보는 단역 배우들의 마음은 어떨까 생각했다. 어린 나이에 유명세를 얻어 주연 자리를 꿰찬 배우들을 보는 비교적 나이가 많고 알려지지 않은 단역 배우의 마음.

그게 나였다면 자괴감과 상실감에 빠져 지난 시간들을 탓했을지도 모르겠다. 쉽게 부풀고 약간의 힘에도 터질 듯 부푼 풍선같이, 아직 내 마음은 견고하지 않고 약하므로.

하지만 그들의 눈빛은 달라 보였다. 스스로의 가치를 증명하는 것처럼 시선은 단단했고, 표정은 여유로웠고, 목소리는 조금 떨렸다. 진심을 품고 있는 사람이라는 걸 알려주는 것처럼 말이다.

자리에 앉아서 무대를 바라보던 주연 배우들의 심정 또한 조금은 알 것 같았다. 그중에는 불과 몇 년 전에 무대 위의 배우들과 같이 생활고를 겪으며 단역 배우로 살았던 사람도 있었을 테니까. 군데군데 떨어지는 눈물들이 그것들을 증명하고 있었으니까. 진정으로 꿈의 길을 걷고 있는 그들을 보면서 나는 생각했다.

저렇게 절실하지 않으면 훗날 꿈 앞에서 부끄러워지는 날이 반드시 올 것 같다고.

△ 뜨겁지도 차갑지도 않은

나는 간혹 내가 뜨겁지도 차갑지도 않은 미지근한 상태에 놓여 있다고 느낀다. 사람이라는 게 참 신기해서 찬물만 먹다가도, 미지근한 물이 좋다는 말을 어디선가 들으면 그다음부터는 미지근한 물만 찾게 된다. 그렇게 하늘에 펄럭이는 연처럼 나의 마음 또한 쉽게 펄럭였던 것 같다.

나는 내 인생이 큰 도화지라면 그 백지 위에 어떤 것들을 칠할까 고민했다. 우리 가족, 사랑하는 사람, 친구들을 차례차례 떠올리는 사이 나는 그 도화지에 가장 먼저 그려 넣었어야 할 나의 존재를 잊어 가고 있었다. 우리는 이처럼 종종 나의 존재를 망각한다. 먼저 내가 단단한 사람이 되어야 남들에게도 좋은 사람이 될 수 있는 줄도 모르고, 나를 깎고 굴려서 남들에게 먼저 좋은 사람이 되고자 한다. 내 인생은 내가 그리는 그림이다. 어떤 그림을 그릴지는 나만이 알 수 있고, 그것을 정하는 것도 나의 권한이다. 그 안에 무엇을 그릴지, 누구를 그릴지는 나를 먼저 그려 넣은 다음에 고민해도 된다.

생각보다 주변의 다른 것들에 의지가 쉽게 흔들리는 연약한 그대여. 우리는 본래 연약하고 끊임없이 흔들리는 존재로 태어났다. 하지만 끊임없이 타인만을 생각하지 말고 스스로에게 한 번 물어보기를 바란다.

나 는 어 떤 사 람 인 가 ?
....

△ 서로를 알아가려는 노력

느리게 걷는다.
하늘을 바라본다.

커피가 담긴 잔을 앞에 두고
서로의 얼굴을 앞에 두고
휴대폰 화면에 시선을 둔 채 이야기를 나눈다.

둘이 걷는 거리에 별이 떨어지는 그 순간,
그들은 어떤 생각을 하고 있을까.

상대의 마음을 알아가려는 노력이 사라지면 안 된다.
편안함에 가려지면 안 된다.

어리고 미숙했던, 서로를 잘 몰랐던 그때의 사랑보다
어쩌면 더 많이 알고 있고 친근하다 느끼는
지금의 사랑이 깊이는 더 낮을지도 모른다.

△ 연상

매번 동갑하고만 연애했던 나라서
어른스러운 연상에 대한 환상을 품었던 적이 있었는데
어른스러운 연하를 만나고 나서 깨달았다.

나이가 많다고 해서 성숙한 것은 아니라는 것을.
나이가 어려도 성숙한 사람이 있고
나이가 많아도 어린아이 같은 사람이 있다.

그저 고정관념이었던 거야.
연상에 대한 환상은.

△ 결혼식

어느새 내 주변에도 하나둘 결혼하는 사람들이 늘어났다.
예전에는 결혼식에 대한 나의 인식은 뷔페였다.
그때는 축의금을 내지도 않았고, 부모님을 따라가
명절 때나 보던 가족들을 보는 반가운 자리.
혹은 맛있는 음식을 먹는 날.

하지만 지금은 다른 사람을 축하하러 가서
오히려 관계에 대한 책임감을 들고 오는 자리가 되었다.

아마도 그때부터였을까.
사촌누나가 결혼하는 날이었다.
예전에는 별 감흥 없이 보았던 예식을
조금 집중해서 보았는데
문득 내 눈에 외숙모, 외삼촌의 얼굴이 들어왔다.

신랑, 신부가 양가 부모님께 인사를 드리는 순서였는데
마주보는 시선에 눈물이 가득했다.

결혼이란 그런 것일까.

자식에게는 부모와 같은 길을 걷게 되는 출발선.

부모에게는 같은 길을 가기 위해 떠나는 자식을 배웅하는 것.

서로의 얼굴만 바라봐도 감정의 골이 깊어져

더 해주지 못해 아쉬웠던, 서운했었던 마음들이

울컥 쏟아져 눈물이 날 것 같은 그런 것.

나는 아침 화장실에 들어와 양치하면서 핸드폰을 만지작거린다. 이는 노래를 틀기 위함이고, 오늘 하루를 결정짓는 순간이다. 수많은 노래가 있는 플레이리스트를 뒤적거리다가 하루의 시작을 꾸며줄 노래를 고르면 물을 트는 것은 그다음이다.

내가 아침마다 노래를 고르는 일에 마음을 기울이게 된 것은 우연히 내 마음과 비슷한 가사를 가진 노래를 마주쳤던 때부터다.

내 상태를 알고는 있지만 설명하기에는 복잡하고 그렇다고 누가 먼저 알아채줄 리는 없어서 외로웠던 그때. 나의 상황을 모두 이해한다는 듯이 내 안에 퍼졌던 그 노래는 나에게 둘도 없는 친구가 되어주었다.

사람들이 음악을 사랑하고 푹 빠지는 이유는 어쩌면 누군가가 나를 알아줄 거라는 막연한 기대보다 노래 한 곡을 틀어 위로받는 일이 더 쉬워서가 아닐까.

누군가를 만나 노력을 쏟고
내 마음을 구구절절 설명하지 않아도
노래에 담긴 이야기가 나를 위로해 주니까.

△ 별들

가끔 보면 별들은 제멋대로다. 서울 하늘에서 약속이라도 있
는 날에는 주근깨처럼 옹기종기 모여 있다가도, 아닌 날은
언제 그랬냐는 듯 한순간에 자취를 감춘다. 사람들은 이기
적인 별들의 모습은 모른다. 그저 반짝이는 모습에 열광 할
뿐. 그리고 별들도 모른다. 그저 반짝일 뿐이라 쓸모없다고
생각했던 자신을 예뻐해 주는 사람이 있다는 것을.

△ 좋아하는 마음을 표현한다는 것

좋아하는 누군가가 생기면 찾아오는 변화는 사람마다 제각각이다. 자기 자신을 과시하려 하는 사람이 있는가 하면 눈에 띄기 위해서 그 사람의 시야에 사는 사람도 있다. 각자 다양한 방법을 통해서 마음을 드러내려고 한다. 모두가 옳은 방법은 아니지만 각자가 최선이라고 생각하는 행동들을.

어느 날 친구가 말을 꺼냈다. 고민이 있다고. 어쩌다가 알게 된 사람이 있는데 그 사람이 만날 때마다 거절하기 애매한 것들을 잔뜩 사와서는 자신의 손에 쥐여준다는 것. 거절하자니 시들고 식어버릴 꽃이나 음식 같은 것들. 그것도 빵 한두 개가 아니라 몇 봉지의 많은 양. 그 사람은 별 의미 없이 생각나서 사온 선물이라고 하지만, 그것들을 받고 나면 밀려오는 것은 감동이 아니라, 무언의 압박과 같은 부담감이 전부라고.

물론 좋아하는 사람에게 무언가 주고 싶은 마음은 당연하다. 괜히 그 사람 손에 예쁜 꽃을 쥐여주고도 싶고, 그 사람이 맛있다고 말한적 있는 마카롱 집을 우연히 지나갈 때면 어느새 마카롱을 포장하고 있는 자신을 발견하듯. 좋은 걸 보여주고 싶고 맛있는 걸 공유하고 싶은 마음은, 부모가 자식을 향한 마음과 비슷하지만, 아직 서로를 완벽히 이해하는 것도 아닌 서로의 삶에 깊숙이 자리잡지도 못한 상태인데 이런 선물들을 누가 기분 좋게만 받아들일 수 있을까. 대부분의 사람들은 아직 너무 이른 것 같다며, 무언가를 바라고 주는 것 같다며 오히려 그 사람을 멀리하게 될 수도 있다.

내 친구도 그랬다. 무언가를 자꾸 선물하는 그 사람이 싫은 것보다는 자신이 준 것에 대한 보상을 바라는 것처럼 자꾸 애인 행세를 하는 그 사람이 싫어서 인연을 단호히 끊어버렸다고. 그런데도 그 사람은 아직도 자신의 문제를 모르고 있다고 했다. 지나친 마음과 혼자만 앞서간 자신의 행동은 모르고 친구를 탓하고 있다고 했다.

무언가를 선물했다고 해서, 그 사람이 선물을 받았다고 해서 그 사람을 막 대할 수 있는 것은 아니다. 손을 잡을 수 있는 기회가 생기는 것도 아니고, 얼굴 한 번 더 볼 수 있는 만남을 약속받는 것도 아니다. 선물은 그 자체로 선물일 뿐. 무언가를 바라고 주는 행위는 그 사람을 물질적인 것에 흔들리는 사람으로 보는 것이다.

잘해주고, 조금 친해졌다고 해서

밖에서 자주 만나고 연락이 잦아졌다고 해서

그 사람이 당신 것은 아닌데.

△ 첫눈

청춘은 너무 여리지만 그래서 더 아름다운걸. 내리는 눈처럼 부서지기 쉽고 또 금방 녹기도 하겠지만 존재 자체로 설레는. 눈과 청춘은 참 많이 닮아 있어.

△ 안도감이 주는 치유

사랑하는 사람이여.
그대는 아무것도 걸치지 않아도 화려하다.

남들이 잘 모르고 하는 말에 슬퍼할 이유도 없으며,
스스로가 부족하다는 생각에 무기력할 필요도 없다.
내가 처음 그대를 보았을 때는
해가 고개를 내미는 일출의 시간처럼 씩씩해 보였으나
지금의 그대는 불안정한 현실 때문인지,
스스로에 대한 미움 때문인지,
주변의 말에 쉽게 휘둘리는 약한 사람처럼 보인다.

사람은 누구나 등 뒤에 낭떠러지 하나를 가지고 있다.
나 또한 이 낭떠러지에 언제 떨어질지 모르며
늘 하루하루 마지막이면 어쩌지 하고 두려워한다.

나라고 세상이 겁나지 않겠는가.
나라고 모든 슬픔에서 자유롭겠는가.

당신을 우울에서부터 끌어내고 싶은 것은
내가 강해서가 아니다.
한 사람이라도 당신을 깊이 생각하고 있다는 것.

그 안도감이 주는 치유를 당신에게 알려주고 싶어서다.

△ 시간이라는 좋은 포장지

모든 것은 지나간다.
좋았던 순간도 안 좋았던 순간도 모두
시간이 흐르면 과거의 한 장면이 된다.
하지만 많은 사람들은 아득히 먼 과거가 되면
가장 젊고 예쁜 나이일 때 최악의 사랑을 한 것도
지나고 보니 추억이었다며 그 기억을 감싼다.
아마도 살점을 도려내듯 앙상해진 기억들 때문이겠지.
우리는 우리도 모르는 사이에 나쁜 기억은 발라내고
좋았던 기억들만 머릿속에 저장하고 싶어 하니까.

하지만 가끔은 절대로 잊어서는 안 되는 것이 있다.
내게 정말로 잘해줬지만 서로의 방향이 달라
안타깝게 헤어진 그런 아름다운 기억 말고,

내가 가장 눈부시던 시절에
나를 어둡게 방치했던 두 번 다시 만나면 안 되는
그런 사람 말이다.

△ 오사카

2017년 4월 오사카에 다녀온 후, 내 생일에 오사카를 다시 찾았다. 한 번 다녀온 길이라고 번화가까지 가는 길은 어렵지 않았고 우리 동네를 다니는 것처럼 골목 사이사이의 길도 외우고 있었다. 딱 한 번 와 봤는데 어디에 편의점과 약국이 있고, 맛있는 음식점이 있는지 알게 되었다는 것이 참으로 신기했다. 낯선 곳일수록 기억에 더 남는 것 같기도 했다.

4월에도 갔던 초밥집에 다시 들렀다. 그때 맛봤던 초밥의 맛이 내내 잊히지 않았는데 나의 생일에 다시 찾은 그곳에서 잊히지 않을 기억까지 선물로 받았다.

초밥을 주문하고 기다리고 있는데 옆에서 누군가가 말을 걸어왔다. 일본어였기 때문에 나는 알아듣지 못했다. 그러자 직원분이 그들에게 우리가 일본 사람이 아니라는 것을 말해주었고, 그들은 다시 영어로 우리에게 어디서 왔냐고 물었다.

그들은 중년의 일본인 부부였다. 나는 웃으며 코리안이라고 답했다. 그러자 아저씨는 웃으며 자신도 10년 전에 서울에 가 봤다고 너무 좋았다고 말했다. 오사카에 언제 왔냐는 물음에는 오늘 왔다고, 오늘은 내 생일이라고 대답했다. 일본인 중년 부부는 놀라며 축하해주었고, 선물이라며 맥주 두 잔을 샀다.

외국인에게 처음 받아보는 선물. 그리고 타국에서 맞는 생일과 타국인에게 받는 생일 축하. 생일에 오사카를 찾은 것이 너무 뿌듯하고 기뻤다. 그 후에도 아저씨는 내게 사케를 먹어봤냐며 맛을 좀 보라고 주기도 하고, 일본어 중 몇 개의 한국 발음을 물으며 대화를 이어갔다. 그제야 깨달았다. 여행을 하며 식당에 가는 것은 단순히 끼니를 때우러 가는 것이 아니라 어설픈 언어로 그 나라의 사람과 대화를 나누고 교감을 하며 여행을 느끼는 것이구나 하고.

그렇게 오사카는 나에게 행복으로 기억될 것 같다. 그 중년 부부가 아니었다면 단순히 배를 채우고만 나왔을 텐데, 좋은 기억을 맛보지 못했을 텐데. 그리고 언젠가는 오사카에서 얻은 이 행복한 기억을 누군가에게 되돌려주겠지. 예를 들면 한국이라는 낯선 타국에 놀러와 소중한 시간을 보내고 있는 이름 모를 한 여행객에게.

따뜻함은 따뜻함으로 나누는 거니까.

△ 꿈에게 다가가는 법

글을 쓰면서 종종 메일을 받는다.
그중에서 가장 기억에 남는 메일은 무언가가 되고 싶은데
도대체 방법을 모르겠다는 내용이었다.

나도 궁금했다.
무언가가 되는 방법은 뭘까.
별을 좇아 어느새 내가 별이 되는 방법은 뭘까.

수많은 방황을 해보고, 실패도 겪었던 내가 생각한 답은 이렇다.
무작정 꿈을 향해 일단 달려보는 것.
꿈에게 다가갈 때는 조건을 걸면 안 된다는 것.
그리고 처음부터 많은 것을 바라지 않는 것.

잘 될 거로 생각하고 다가가면
작은 흔들림에도 크게 요동치기 마련이고
기대하지 않고 실패하고 실수하는 모든 것들을 발판 삼아
더 나은 사람이 되고자 하면 그 고개를 넘으며 성장한다.

성공의 경험도 중요하지만
실패의 경험이 나를 더 튼튼하게 만들어주는 법.
앞으로 나아갈 줄만 아는 사람보다
가끔 넘어지더라도 툭툭 털고 일어날 줄 아는 사람이
더 오래 길을 걸을 수 있다는 것.

부디 명심했으면 좋겠다.
꿈을 향해 다가가는 모든 사람들이.

△ 말랭이

1. 우리집 강아지 이름은 말랭이다.

2. 며칠 뒤에 강원도 양양으로 가족 여행을 간다. 이번에는 말
   랭이도 함께 떠난다. 숙소는 애견 동반 펜션을 예약했다. 매
   일 동네 하천 길만 걷고 비슷한 냄새만 맡던 녀석이 드넓은
   바다를 보면 과연 신날지, 아니면 겁을 먹고 우리 뒤로 숨을
   지 궁금하다. 자주 놀아주지 못해 미안한 나의 작은 선물인
   데 좋아했으면 좋겠다.

3. 바다에 다녀왔다. 말랭이는 평소 겁이 많아서 돌계단도 잘
   건너지 못하는데 역시나 물이 무서웠나 보다. 펜션에 있는
   풀장에서 생전 처음 수영을 하게 해줬는데, 그 모양새가 수
   영이라기보다는 살기 위한 몸부림에 더 가까워서 얼른 안아
   서 달래주었다.

4. 그래도 처음 보는 바닷가를 걸을 때는 아주 신난 것 같았다. 바다에 가도 사람마다 각자 즐기는 방식이 다른 것처럼, 말랭이가 바다를 즐기는 방식은 바닷가를 걷는 일이었나 보다. 사람과 다를 것이 없다는 말이 새삼 와닿는다.

5. 나는 그저 이 녀석의 한 번뿐인 삶에 다채로운 경험들로 칠해주고 싶다.

그게 우리 곁으로 와준 말랭이에 대한 보답일 거라 생각하며.

△ 청춘의 모양

청춘은 예쁜 모양으로만 굳는 게 아니라
힘껏 주물러 이 모양 저 모양이 되어보는 거예요.
남들 따라 흔한 모습으로 사는 것보다
내 마음에 들 때까지 자꾸 고치는 거죠.

매일 흘러가는 시간처럼
우리의 청춘도 조금씩 굳어가니까요.

△ 영화 동아리

스무 살 가장 풋풋하고 뜨겁던 시절, 나는 대학 신입생이었다. 문과를 졸업했음에도 가까운 대학의 컴퓨터과에 진학했고, 이 것은 어쩌면 나의 가장 큰 실수일지도 몰랐다.

하루하루 적응하는 것에 대부분의 시간을 허비했다. 낯선 사람 들과 어떻게 친해질까 하는 생각보다 전혀 흥미가 없는 과에 진학한 내가 어떻게 하면 살아남을 수 있을지에 대해 고민하기 바빴다. 프로그램을 코딩하는 일을 배웠다. 애초에 수학은 젬병 이었던 내가 갑자기 기적적으로 수학을 잘하게 될 일은 없겠지 만 이상하게 그리 뒤처지지는 않았다. 오히려 예전에 배웠던 문학들보다 코딩이 정해진 답이 있어서 편한 면도 있었다. 학교생활이 한두 달 지났을 무렵, 등굣길에는 동아리를 홍보하 는 사람들이 잔뜩 모여 있었다. 하지만 이상하게 꼭 들어가고 싶다고 생각되는 동아리는 없었다. 그래서 무작정 동아리를 만 들었다. '영화 동아리' 나의 수많은 꿈 중에 영화감독이 있었다. 내 이야기를 담은 영화 한 편을 만들어보고 싶었다. 마침 동아리 활동으로 성과를 내면 동아리방을 지원받을 좋은 기회였기에 동기들을 끌어들였다. 결국, 대부분의 구성원이 동기들로 채워졌지만, 다른 과 학생들도 모집하고 싶었던 나는 학교 커뮤니티에 홍보를 추가로 하기로 했다.

'누가 지원하겠어?'라고 생각하던 찰나 정말로 누군가가 지원했다. 보건과 학생들이었다. 따로 면접 같은 건 존재하지 않았고, 바로 적당한 날을 잡아 모이기로 했다. 얼굴도 보고 술도 먹고 동아리의 목표나 방향성도 얘기할 겸.

며칠 뒤 대학 근처 패스트푸드점에서 처음으로 모이는 날. 2층에 먼저 올라와 동기들끼리 얘기를 하고 있는데 다른 과 학생들이 올라와 어색한 표정으로 두리번거리며 우리를 찾는 듯했다.

"영화 동아리 때문에 오셨죠?"

서로를 확인한 우리들은 단체석에 앉아 동아리의 목표와 방향 등을 얘기하고는 친목도모를 위해 술집으로 갔다. 하지만 나는 술을 정말 못했다. 소주 두 잔만 마셔도 얼굴이 새빨개지는 아빠보다는 낫지만, 그렇다고 잘하는 편도 아니다. 소주는 네 잔이면 얼굴이 빨갛게 달아오른다. 하지만 가뜩이나 서먹서먹하고 어색한 상태인 동아리원들을 보고 있자니 나라도 나서서 건배를 외쳐야 할 것 같았다.

긴 테이블에 둘러앉아 자기소개를 하기 시작했다. 어느 과 학생이고 나이는 몇 살이고 사는 지역은 어디인지. 물론 나는 가장 첫 번째였다. 서울에 살고 스무 살이고 컴퓨터과 학생이라고, 그리고 동아리를 만든 대표라고. 내 옆자리에는 검은색 바탕에 흰색 작은 물방울무늬가 그려진, 보들보들한 재질의 블라우스를 입은 여자아이가 앉아있었다. 내가 먼저 말을 건넸다.

"키가 몇이에요?"
"152요."

'아까 슬쩍 봤을 때도 키가 작아 보였는데 152면 적어도 나랑은 28센티 넘게 차이가 나는구나. 아니, 내가 왜 이런 걸 계산하고 있지.'

술자리가 무르익어가고 자리도 바꿔 앉아가며 서로가 더욱 친밀해졌을 무렵, 나는 그 애가 조금 마음에 들었던 것 같다. 남자친구가 있다는 얘기에 조금은 무기력해졌지만.

하지만 영원한 사랑이 얼마나 많겠는가. 시간이 지나 결국 난 그 아이와 사귀게 되었다. 이러려고 동아리를 만든 것은 아니었는데 연애를 하느라 정작 동아리 활동에는 조금 소홀해졌던 것 같다. 연애도 제법 길었다. 서로를 알아가며 좋았고 가끔은 속도 상했다. 깨끗하게 이별하지 못한 그 아이의 흔적에 혼자 끙끙 앓기도 했고 원망을 하기도 했지만, 우리에게도 진짜 끝은 찾아왔다. 이 세상에서 이별을 겪는 여느 커플들처럼.

그녀는 내가 글을 쓰게 만든 장본인이다. 그 연애를 하면서 느낀 것들을 하나둘씩 쓰게 됐고, 그게 나의 첫 번째 버킷리스트를 이루는 가장 결정적인 계기가 되어주었기 때문이다. 어쩌면 내가 작가의 삶을 살 수 있었던 것의 8할은 그녀 때문일 것이다. 행복하기만 했다면 나의 글들은 내 마음 밖으로 나오지 않았을 테니까.

하지만 아직도 종종 생각한다. 그때 내가 그 동아리를 만들지 않았다면 어땠을까. 그 학교에 진학하지 않았으면 어땠을까. 만약 시간이 되돌려진다면 절대 그 학교 근처에는 가지 않을 것 같다. 지금처럼 살지 못한다고 해도.

우리에게도 진짜 끝은 찾아왔다.
이 세상에서 이별을 겪는 여느 커플들처럼.

△ 우주인

별들 사이를 가로질러
중력이 있는 지구에 가면
꼭 확인해보고 싶은 게 있었어.
내 마음이 들떴던 이유.

그게 무중력 때문이었는지
너 때문이었는지.

△ 자국

종이에 꾹꾹 눌러 쓴 글씨처럼
사랑할 때는 몰랐지만
페이지를 넘겨보니
이렇게 아름다웠구나 하고
만져지는 추억들이 있지.

자국, 흔글

△ 편지

당신을 생각하며 편지를 쓸 때는
주소란에 쓰는 글씨마저
예쁘게 적으려고 노력할 만큼
당신이 쉽게 눈치채지 못할 것들까지
정성껏 사랑하곤 했다.

△ 사랑의 대화

"무슨 말을 그렇게 예쁘게 해요?"

　"그쪽이 그런 말을 하게 만드는 사람인가 봐요.
예쁜 노을 앞에서 '아, 예쁘다'라고 할 수밖에
없는 것처럼."

"저는 그저 흔한 풍경인데, 그쪽이 그런 풍경에도
감동할 줄 아는 사람 아니고요?"

　"흔한 풍경이라니요. 평생을 여행하고 싶은걸요."

△ 입석 열차

청춘은 어떤 의미에서 입석 열차다.
달리는 것은 나이를 하나둘 먹어가는 것이고
도중에 내리는 건 그때그때 각자의 의미를 찾아서
떠나는 것이리라.

가는 길은 앉을 곳도 없이 자주 흔들리지만
그래도 청춘은 웃는다.

어디서 내려도 이상하지 않고
답이 없는 것이 바로 정답,
청춘이기 때문이다.

△ 나의 한국지리 선생님

고등학교 2학년 때 나의 담임 선생님은 학교에서 무섭다고 소문난 한국지리 선생님이었다.

그 사실을 안 순간 나는 절대로 선생님 눈 밖에 나지 않겠다고 다짐했다. 그 노력이 얼마나 가상했는지. 한 번 눈 밖에 나기 시작하면 정말 큰일이겠다 싶은 위기감에 늦잠이라도 잔 날에는 지각하지 않으려고 평상시에는 10분 걸리는 등굣길을 5분 만에 뛰어간 적도 있었다. 참고로 학교 가는 길은 험한 산길이었다. 겨울에 그 길이 꽁꽁 얼면 어쩔 수 없이 미끄럼틀을 타야 했을 정도로.

시간이 지나 새 학기에 어느 정도 적응했을 무렵, 지각도 하지 않고 수업 때 졸지 않으니 특별히 선생님께 혼날 일이 없었던 나는 더 이상 선생님이 무섭지 않았다. 물론 선생님이 혼을 내는 것을 옆에서 보는 것만으로도 무서웠지만. 그런 소문들은 으레 잘못한 사람들이 자신의 경험을 과장한 것들이 일반화되어 '그 선생님은 엄청 무서운 선생님이야!' 하고 굳혀진 게 대부분인 것 같았다.

고등학교를 졸업한 지 꽤 많은 시간이 흘렀는데도, 조회 시간에 선생님이 내 어깨에 손을 올리시고 친구들 앞에서 한 말이 아직도 생각난다.

"이놈들아 성용이 좀 닮아봐라! 얼마나 우직하냐. 지각 한 번 안 하고, 듬직하고."

그날 집에 가서 우직하다는 표현을 사전에서 찾아보았을 때는 어리석고 고지식하다는 뜻이 나와 조금 당황했지만, 아무 문제도 일으키지 않았다고 자부할 수 있기 때문에 모든 일에 있어 뛰어나지는 않아도 별문제 없이 묵묵히 제 갈 길을 걸어가는 모습이 대견해서 좋은 의미로 말을 하신 게 아닌가 짐작했다.

별 뜻 없었을지도 모를 선생님의 그 한마디. 어쩌면 그 한마디로 인해 나는 조금 더 듬직한 사람이 되었는지도 모른다.

△ 포장

당신을 굳이 '좋은' 사람으로 포장할 필요도
남들이 옳지 않다고 손가락질하는 게 겁난다고 해서
그들의 '맞춤'옷이 될 필요도 없어요.
당신은 그 누구의 쓸모가 되기 위해 몸부림치지 않아도 되는
그 자체로 빛나는 사람이고, 누군가에겐 선물이죠.

△ 걷고 싶은 길

별을 품은 우주처럼 새근새근 빛을 비추는 밤.
그 아래 그대와 걷고 싶은 길이 있다.
떨리는 호흡들이 고백을 대신할 것 같아
함부로 숨을 쉬지도 못하겠지만.

△ 이름

뭘 해도 지루한 날에 당신의 이름을 썼다.
하얀 여백에 적힌 당신의 이름을 보니
문득 더 예쁘게 쓸 수는 없을까 생각했다.
그렇게 밤이 올 때까지 당신의 이름을 쓰다가 깨달았다.
당신의 이름은 그 자체로 예쁜 것임을.
내가 못나게, 예쁘게, 만들 수 있는 것이 아니었다.
당신의 이름은.

△ 여행의 의미

다른 사람들의 여행을 보면 매일 행복할 것 같지만
정작 여행을 가보면 그게 다가 아님을 깨닫는다.
사람으로 꽉 찬 공항을 벗어나는 것부터가 기다림의 연속이고,
낯선 여행지에서 헤매는 일은 여행자에게는 흔한 일이다.

아무것도 모른 채 설레는 마음으로
처음 유럽에 갔을 때 나는 생각했다.

'여행을 제대로 즐기기도 전에 이렇게 피곤해도 되나?'

표를 끊는 것부터 플랫폼을 찾는 일까지
무엇 하나 쉬운 일이 없었지만
그 과정에서 나와 함께 길을 고민해준 사람,
숙소를 찾지 못해 도와달라고 지도를 보여줬더니
직접 앞까지 데려다주신 할아버지,
그런 기억들이 아직도 잊히지 않는다.

여행은 쉬러 가는 것이라고 생각했고
마냥 행복한 일들만 잔뜩 있을 거라 생각한다면
언제든 좋으니 직접 한 번 떠나보기를 바란다.

여행을 하면서 부딪히는 다양한 순간들이
평생 잊히지 않을 작은 조각이 되어
또다시 당신을 유혹할 테니까.

△ 좋은 사진

좋은 사진은 좋은 카메라가 만드는 게 아니라
마음에 드는 순간이 올 때까지
기다릴 수 있는 인내가 만들어낸다.

가끔은 격자 안에 들어올 누군가를 기다리고
퇴근 후에 밀려올 노을을 기다리고
햇볕이 드는 곳을 찾으러 다니며
한자리에서 가만히 순간을 기다리는 일이
평생 잊지 못할 추억의 사진이 되니까.

사진은 그게 전부니까.

△ 우산

나는 우산 같은 사람이었다.
비가 내릴 때는 누군가에 의해 발견되고
또 사용되었지만 날이 갬과 동시에
잊혀져 구석구석에 버려졌다.

누군가는 잃어버린 나를 줍고서
소나기가 올 때 요긴하게 쓰겠지만
곧 어딘가에 버려질 나의 운명.

나는 우산이 된 것만 같다.
가끔은.

△ 옆에 있는 사람

인생 별거 없지.
이런 일이 있었고 저런 일이 있었고
털어놓을 사람만 옆에 있다면.
마음을 쓸어주는 사람만 있다면.

△ 빛나는 시선

이제는 사람을 볼 때 시선을 보게 된다.
달콤한 말들은 미끼인지 진심인지
쉽게 구분할 수 없지만
시선은 진심이 담기지 않으면 쉽게 빛나질 않아서.

△ 버스 창문

그거 알아? 버스 창문으로 밖을 보면 분홍으로 물든 하늘을 볼수 있는 거. 누군가에게는 언제나 똑같은 하늘이겠지만, 그 창문을 통해 보면 너무 예쁜 하늘이 펼쳐지거든. 나도 너에게 그런 창문 같은 존재였으면 좋겠어. 나로 인해 네가 가끔은 특별해지고, 평소와는 다른 색의 네 모습도 좋아할 수 있도록.

△ 눈빛

나를 보는 네 눈빛이 좋아.

한 편의 영화 같아.

오래오래 상영했으면 좋겠어.

△ 적당한 모른 척

가끔은 미래가 너무 궁금할 때가 있지만,
그 미래를 알게 되어 현재를 망치는 것이
더 무서운 것 같기도 해서
적당히 모르는 척 현재를 살기로 했다.

△ 표현

가끔은 기분이 아무리 좋아도
섣불리 표현하지 않아.
현재의 좋은 감정을 뱉어버리면
금방 잊힐까 봐
내 안에 조금 더 머금는 거지.

△ 서툰 걸음

조금 먼 길을 걸어왔다.
드문드문 이 걸음을 멈춰야 하나
고민했던 밤들도 있었다.

모두가 나를 좋아할 수 없다는 걸 알지만
그 사실을 뼈저리게 느꼈던 날에는
어딘가로 숨고 싶었고 기대고 싶었다.

그 언젠가 머뭇거리며 걷는 나를 본다면
잠시 멈춰 서서 나를 바라봐 줘.
그것만으로도 나는
충분히 사랑받고 있음을 느낄 수 있을 거야.

△ 봄날

나중에 나도 나이가 들어
지나온 삶을 더듬어볼 때
그 언젠가 봄날 같은 사람을 만났었다고
설명할 수 있는 날이 올까.

그때가 되면 봄이 짧아지고 흐릿해지다 사라져버려
그대를 설명하기 더 쉬울까.

△ 노래를 들으면

노래를 들으면 생각나는 순간 그리고 사람이 있다.
기억나지 않는 것 같아도
막상 들으면 그날 나의 기분이 어땠는지
순간은 따스했는지 음악과 함께 하나하나 떠오른다.

오랫동안 사랑받는 노래에
기억이 새겨져 있으면 더더욱 그렇다.

△ 계절이 오면

먼 미래의 내가 지금의 나를 보고
슬퍼하지 않았으면 좋겠어.
그러기 위해서는 모든 장면을
온몸으로 느낄 줄 알아야겠지.

계절이 지나 입지 못하는 옷들은
계절이 오면 다시 걸칠 수 있지만
지금 이 순간은 다시 걸어오지 않으니까.

△ 명대사

우리는 영화나 드라마의 명대사에 자주 감탄하곤 하지만
실제로 감격하는 건 그리 멋진 말이 아니잖아요.
나를 얼마나 잘 알고 있는지, 지칠 때 보듬어주는 손길,
우리를 눈물 나게 하는 것들은 그런 마음이 전부인데.

△ 여행과 사랑이 닮은 것

여행과 사랑이 닮은 점은 함께 떠날 사람을 잘 정해야 한다는
것이다. 서로 한 걸음 양보하는 배려가 있다면 상관없겠지만
사소한 삶의 방식이나 가치관의 차이로도 서로 어긋나는 경우
가 많기 때문에.

△ 강연

한 대학에서 진행했던 강연에서 꿈에 대한 고민을 들었다.

"꿈이 너무 많아서 뭘 해야 할지 모르겠어요. 한 가지를 선택하면 다른 것들을 포기해야 하는데 딱 정하기가 어려워요."

나는 이렇게 답했다.

"꿈이 많다는 건 굉장히 좋은 거예요. 요즘은 꿈을 정하기도 어려운 시대인데, 꿈이 있다는 건 정말 대단한 거죠. 하지만 한가지를 정하셔야 할 것 같아요. 그 모든 것을 하기에는 현실적으로 너무 어려우니까요. 제가 팁을 하나 드리자면 그 직업들의 좋은 점들을 보지 말고, 직업들의 단점을 나열해보세요. 생각보다 꿈에 환상을 가지고 계신 분들이 많더라고요. 내가 이직업을 선택하면 어떤 것들이 안 좋을까 생각하면서 가장 나은 것을 선택하는 것도 방법일 것 같아요.

살다 보면 선택의 기로에 설 때가 많아요. 대학 진학이라든지, 어떤 회사에 도전할지라든지. 산다는 건 항상 선택의 연속이죠. 어떤 선택이든 후회 없이 하세요. 어제보다 더 나은 내가 되면 됩니다. 운은 가만히 있는 사람에게는 오지 않아요. 무언가를 시작한 사람에게만 올 뿐."

△ 황홀한 풍경

카페에 있다가 습관처럼 하늘을 보았는데 사진에는 전부 담기지 않을 황홀한 풍경이 있었다. 그 순간을 놓치지 않으려 눈으로 보았다가, 사진으로도 담았는데 1분이 채 가기도 전에 어둠이 하늘에 퍼지는 바람에 사라졌다. 이제는 가슴 벅찬 순간이 오면 미루지 않아야겠다. 언제든지 느낄 수 있는 것이 있는 반면, 그때가 아니면 느낄 수 없는 것들 또한 많으니까.

△ 결핍의 너

당신은 결핍이 있다고 말했죠.
때문에 스스로가 초라하다고
내 앞에서 울기도 했죠.
하지만 당신의 결핍이 나는 좋은걸요.
그런 건 아무런 문제가 되지 않아요.
그 자체로 이미 당신은 찬란하지만
내가 조금은 당신의 삶으로
스며들 부분이 있다는 거니까.
오히려 당신이 더 좋아질 것 같아요.

△ 사랑의 관객

이미 지나가버린 사랑의 관객이 되어
심취해 있는 것은 미련한 짓이다.

그 영화의 주인공은 당신이었겠지만
더 이상 그 사랑은 당신의 것이 아니다.

당신이 사랑했던 그 사람도
당신의 마음속에서 상영하는
추억 속의 그 사람일 뿐이다.

△ 관계의 농도

예전의 나는 서로에게 가까워지는 것을 중요하게 생각했다.
오늘 공원에서 그냥 손을 잡고 걸었으면,
내일은 손가락 깍지를 끼며 걷고,
그 다음날은 포옹을 하듯이.
시간이 깊어질수록 서로의 거리가
조금씩 더 가까워지는 것을 즐겼다.

하지만 요즘에는 그것보다 더 중요하게 생각하는 것이 있다.
그건 바로 서로에게 더욱 진한 사람이 되는 것.

관계의 속도보다 관계의 농도를 위해
진한 마음으로 사랑하는 것.

△ 청춘의 낙서장

하고 싶은 일도 많고 아직 이루지 못한 일도 많다.
내 인생의 방향이 벌써 정해진 것 같지만
살아온 시간보다 살아가야 할 시간이 훨씬 많은 나에게는
아주 많은 가능성이 열려 있다.

앞으로 나는 나의 삶에 어떤 그림을 그릴까.
먼 미래의 나는 무얼 하고 있을까.

앞으로 마주할 순간들이 기다려진다.
마음껏 낙서해도 괜찮은 연습장처럼
청춘을 살아야겠다.

2

그 말 속에
쓸쓸한 바람이 분다

◇ 오늘은 조금 덜 소홀하게

예전의 나는 캄캄한 골목도 무섭다고 잘 걷지 못하면서 사람은 잘도 믿었다. 그래서 관계에 자주 걸려 넘어졌으며, 무릎에 까진 상처처럼 마음에도 딱지가 앉기 일쑤였다.

술도 못하면서 좋아하는 사람 앞에서는 객기를 부려보기도 했고 아무렇지 않은 척 그녀에게 슬그머니 좋아한다 속삭이기도 했다. 사랑이 쉽지 않다는 것을 알면서도 언제나 나에게 사랑은 호기심의 영역이었고, 과거의 상처에도 불구하고 빠질 때는 흠뻑 젖어들었다.

후회는 없다. 그렇다고 내게 남은 것이 온통 보람과 환희도 아니다. 하루를 소홀히 살았던 적이 많아서, 앞으로 제대로 살아야 할 이유가 누구보다도 많은 사람이라서.
나는 내가 소홀했던 것들을 하나씩 정리할 생각이다.

물론 지나간 역사를 되돌릴 수는 없겠지만,
적어도 이것 하나는 알 수 있겠지.

하루를 조금 덜 소홀하게 사는 방법.
내일을 조금 더 뜻깊게 보내는 방법.

◇ 밥 한번 먹자는 말

애매한 사이인 친구나 얕게 아는 사람들과 자주 나누는 말. 주로 대화를 마칠 때 "다음에 밥이나 한번 먹자!"라는 말로 마무리한다. 당장 동네에 있는 국밥집으로 식사를 하러 갈 정도의 친밀함은 아닌 사이. 딱 그 정도인 사이에서 자주 오고 가는 말이다. 나도 예전에는 이 말을 자주 했다. 나중을 기약하면 다음에도 편하게 연락할 수 있을 것 같아서.

하지만 나중은 없었다. 밥 한번 먹자는 말은 대화의 마침표일 뿐이었다. 정말로 그 사람과의 인연을 이어가기 위해서는 그 사람의 일상으로 들어가야만 했고, 약속을 잡아야만 했다.

많은 사람들이 깨달았으면 좋겠다. 애매한 인연을 계속해서 말로만 이어가는 건 아무런 영양가가 없다는 걸. 관계는 센 파도로 상대의 마음을 휩쓰는 것이 아니고 잔잔하게 자주 상대에게 부딪히는 일이다. 핸드폰만 봐도 깔려 있는지도 몰랐던 오래된 애플리케이션보다, 일주일 전에 깔았지만 하루에 한 번씩 꾸준히 들어간 적 있는 애플리케이션이 나와 친밀할 테니까.

사람과의 관계를 유지하기 위해서는, 깊어지기 위해서는, 그 사람을 귀찮게 할 줄 알아야 한다. 밥 한번 먹자는 말이 나오면 구체적인 날짜를 말하며 '이 날은 어때?' 하고 약속을 잡는 것. 아주 사소한 노력으로도 그 사람을 내 사람으로 만들 수 있는 것이다.

하루를 온전히 쏟는 것도 아니면서 뭐가 그렇게 어려웠는지. 애매한 사이였지만 이제는 아예 끊어져버린 무수한 인연에게 미안하다.

◇ 무덤덤하다는 것

무덤덤하게 사는 것이 뭘까.
아무렇지 않은 듯이 사는 것.
마음에 아무런 동요가 일어나지 않는 것.

누군가는 그랬다.
무덤덤하게 사는 것은
흐릿한 기억들과 사는 거라고.

옛 애인과 함께 새겼던,
팔에 남아 있는 흐릿한 타투를
말끔히 지워버리지 않는 이유는
더 이상 그 타투에 담긴 기억이
아프지 않다는 것이고.

내 마음을 갈기갈기 찢었던 사람이 준
방구석에 박아둔 편지 몇 통 또한
더 이상 아무런 감정이 느껴지지 않아서
굳이 버리지 않았던 것일 테다.

아직 마음이 남아 있다면
들고 살기엔 너무 아픈 것들이니까.

◇ 소홀했던 것

문득 이런 생각이 들었다.

내가 소홀했다고 느낀 것들 중에는

오히려 내가 열중했던 것들도 있지 않을까 하는 생각.

실제로는 소홀하지 않았지만
내 역량이 부족해서 해내지 못한,
그래서 소홀하다 느끼는 그런 일들.

◇ 놓쳐버린 기차

마음은 충분했다. 우리가 사랑할 시간도 충분했고, 마음도 부족하지 않았다. 그런데 무슨 이유에서인지 나는 기차를 앞에 두고도 이 기차가 내가 탈 기차가 맞는지 머뭇거리기 바빴다. 그러다 기차를 놓쳤다. 선로를 미끄러지듯 빠져나가는 기차를 보며 뒤늦게 저 기차가 맞았음을 깨닫고 후회했지만 이미 기차는 떠났다.

놓쳐버린 기차표를 들고 서 있는 이의 마음을 헤아릴 줄 아는가. 당신이라는 짐이 생긴 것 같다. 한 번도 내 것인 적 없었지만 내 것인 것만 같고, 손 한번 잡아본 적 없지만 바다 앞에서 힘껏 껴안았던 것 같은, 그대는 내가 한 번도 탄 적 없는 놓쳐버린 기차다.

잡을 수도 없고 내가 멈출 수도 없는. 그때 탔어야만 했던.

◇ 관계는 다시 끓어오르지 않음을

지난 뒤에 후회해봤자 되돌아오는 인연은 거의 없다. 그 당시 설레고 작은 대화에도 키득키득 즐거웠던 것들도, 그때에 머물러 있을 뿐. 인연이란 그렇다. 이도 저도 아닌 사이가 되면 펄펄 끓었던 찌개를 다시 데우는 것처럼 쉽게 끓여지지 않는다. 한 번 끊긴 관계는 회복하기 어렵다. 아예 모르던 사이가 더 나았을 정도로.

◇ 방파제

내가 죽음을 앞에 두고 유서를 썼다 한들
그것을 어디에 숨겨둬야 하는지 모른다.
눈에 잘 띄는 곳에 두어야 할지
몇 번 손이 거쳐야만 보이는 곳에 놓아야 할지
아니면 장롱 뒤에 숨겨야 할지.

사람이 이렇게 고민투성이다.
항상 만약의 만약을 생각하고
당장 큰일이라도 일어날 것처럼
마음속 방파제를 가득 끌어안고 산다.

대부분의 파도는 방파제를 넘지 못한다.
간혹 그 방파제를 넘는 큰 파도가 덮쳐온다 해도
그건 더 큰 방파제를 쌓지 않은 내 탓이 아니라
어떤 방파제라도 넘겼을 아주 큰 파도의 탓일 것이다.

내 탓이 아니라.

◇ 제대로 이별하기

누군가 만나기 위한 준비를 하는 사람들은 막 이별을 했거나,
아직 새로운 사람을 만나지 않은 사람이 대부분이다.

많은 사람들은 생각한다.
이별이 오면 사랑이 끝난 거라고.
맞다. 그 사랑은 끝이 났다.
하지만 당신의 삶에서 사랑이 영원히 끝난 것은 아니다.
사랑은 우리의 삶 속 어디에나 있다.
다만, 느끼지 못하고 느끼려고 하지 않을 뿐.

다음 사랑을 위해서 우리가 먼저 해야 할 것은 무엇일까.
나는 한때 그것이 빨리 마음을 털어내는 것이라고 생각했지만
정말로 필요한 것은 지난 사랑에서의 이별을 부추겼던
내 모습과의 이별이었다.

◇ 어색한 세상

따뜻한 손이 사라진 세상.
예전에는 주섬주섬 잘도 정을 줬는데,
이제는 조심스러운 걱정도 실례가 되고
각자의 인생이라며 외면하는 세상이 됐네.

목숨을 살리는 일도
누군가의 편의를 생각해야 하고
옳은 일을 하는 자 미움받을 뿐.

◇ 맞지 않는 인연

맞지 않는 옷이 있는 것처럼,
맞지 않는 인연이 있는 것도 당연하다.
그중에는 나를 쉽게 생각하는 사람도 있을 것이고,
그저 목적이 있어서 다가오는 사람도 있을 것이다.
원하는 것을 얻으면 바로 나를 버릴 생각인 사람 또한 있겠지.

나는 사람들 앞에서 억지로 웃었던 적이 많았다.
물론 감정을 솔직하게 표현할 줄 몰라서 그랬던 거지만.
꾹 눌러 담는 것이 관계를 지키고,
간혹 그 관계에 도움이 되기라도 할 때면,
내가 느꼈던 불편함쯤은 싹 잊혀서 그랬는지도 모른다.

이제는 좀 자유로워지고 싶다.
누구에게도 얽매이지 않는 상태에 있으면서도
가끔은 누군가에게 덜컥 마음을 건네기도 하는
바람 같은 사람이 되고 싶다.

◇ 공허하다

공허에 가까운 말은 외로움.

나는 혼자 있을 때, 사랑이 막 끝났을 때,
수업이 끝난 뒤 혹은 일을 마치고 집으로 돌아가는 저녁에,
속상한 일이 있어 누군가에게 털어놓고 싶은 마음에
휴대폰을 들여다보지만 막상 연락할 곳은 없을 때
그런 감정을 느끼곤 했다.

가끔 그 공허함을 이기지 못하고
얕은 관계를 자처하며 누군가를 만나기도 했고,
새로운 사람을 만나 공허함을 이겨보려 했었지만
그럴수록 공허함은 더해져만 갔다.

예전부터 알아왔던, 깊은 관계라고 생각했던 사람들과도
사소한 이유로 어긋날 수 있는 게 인간관계인데
나에 대해 자세히 알지도 못하는 사람에게
과연 이해를 바라고 위안을 얻을 수 있을까.

설사 그것이 가능하다고 해도
영양가 없는 위안일 것이다.

공허함을 이기자고 시작한 일이 더 큰 공허함으로 되돌아오고
또다시 공허함에 빠지게 된 나는 결심했다.

이 외로움이라는 감정을, 텅텅 비어버린 마음을
제대로 느끼고 이겨내야겠다고.
외로움에 못 이겨 누군가를 만난다고 해도
의미 없는 만남일 가능성이 크니까.

◇ 미지근한 온도

뜨거웠던 것들이 다시 식어가는 과정.
재미있는 오락도 질릴 때가 오고,
뛰어난 요리사의 음식도 물릴 때가 온다.

세상의 순리가 그렇다. 차가운 것은 미지근해지고, 뜨거운 것
도 미지근해지는 것. 사람들은 처음부터 끓는점에 가까운 높은
온도의 사랑을 느끼면 부담스러움과 걱정에 가까운 두려움을
느낀다. 이 사람이 지금의 감정을 언제까지 유지할 수 있을지
에 대한 염려와 뜨거워졌던 모든 것들은 결국 미지근해진다는
것을 알고 있기 때문에.

그래서 어쩌면 사는 것은 미지근함에 조금씩 적응하는 것이
아닐까 한다. 폭발적인 사랑이 뜨거움이라면 미지근한 사랑은
안정이다. 나는 안정을 주는 사람이 되는 것이 꿈이다. 존재만
으로도 든든함을 주는 사람.

나를 둘러싼 공기가 따뜻해질 때까지 계속해서 애써야겠다.

◇ 귀 기울여 듣는 일

듣는 것, 공감하는 것은 참 중요하다.
말을 하는 것보다 더 중요한 건 귀 기울여 듣는 일이다.
잘 듣지 못하면 이야기의 흐름도 파악하지 못하고
계속해서 대화가 허공에서 떠돌 가능성이 크다.
내가 자주 그랬다.

하루쯤은 무작정 말을 줄여 봐도 좋다.
단, 상대의 말에 대한 반응은 반드시 보일 것.
그것이 끄덕임이건, 맞장구이건 다 괜찮다.
제대로 듣는 중이라는 것을 어필할 정도로만 반응을 해보자.
끄덕이기만 하는 하루는 그 자체로 새로운 경험일 것이다.

무언가를 잘 들을 줄 안다는 것은,
말뜻을 이해할 줄 안다는 것은,
생각해보면 사람을 만나면서 가장 중요한 일.
제대로 들을 줄을 몰라서 흘려버린 말들이
아직도 내 곁에 수두룩하다.

◇ 슬픈 적응

미운 소리 하는 사람은 미워하면 되는데
그것마저 좋을 때가 가장 슬프다.
차가운 행동도 미적지근한 목소리도
나를 향한 것이라며 그저 웃고 마는,
내게 가장 위태로운 관계인지도 모르고.

◇ 억지 인연

억지로 웃지 말걸.
내 마음에 맞지 않는 사람이라는 걸
알고 있었으면서도 바보처럼
단호하게 멀어지지 못하고
억지로 이어가려 애썼네.
결국 마음만 닳아버렸네.

◇ 연애의 때

연애가 최선이 아닐 때가 있죠.

'지금 내게 중요한 건 이성을 잃지 않고, 그저 흘러가듯 잔잔하게 사는 거야'라고 다짐하면서도 늘 누군가를 옆에 두고 싶어 했지만 연애라는 것이 늘 좋은 것은 아니죠.

누군가를 감당하지 못할 상태에서의 연애라든가, 혹은 외로움으로 인한 갈증을 너무 심하게 느껴서 시작한 연애.

관계의 벅참은 언제나 생각해야 하는 문제예요. 왜냐하면 가볍게 시작한 연애 하나는 둘을 아프게 하니까요. 무거운 연애도 물론 좋지만 그 마음을 들 수 있을 힘이 있을 때, 놓아버려 깨뜨리지 않을 자신 있을 때만 누군가를 감당하는 게 좋지 않을까요?

내가 괜찮은 상태가 아닐 때
그때는 연애가 아니라
나를 치료하는 것이 우선일 테니까요.

◇ 오해

많은 말들이 오고 가는 세상이라
누군가를 향해 진심을 말해도
진정성 없이 가벼워 보일까 걱정이다.

역시 이런 세상에서는
말보다는 행동으로 보여줘야겠지.

행동은 언제나 말을 이긴다.
말은 행동을 약속할 뿐이고
행동이 없으면 달콤한 말도 지난 꿈에 불과하다.

◇ rest in peace

인생이라는 것이 참 덧없다. 허무하고 근거 없는 슬픔의 연속이다. 사람 일은 갈피를 잡을 수 없다. 몇 년 전에는 나는 친구의 죽음을 겪었다. 많이 가까웠던 사이는 아니었지만 그 당시의 나에게는 큰 충격이었다. 죽음에는 순서가 없다지만 지금가야 할 사람이 아닌데 간 것만 같은, 마치 순리를 거스른 일같았다. 지금까지 많은 죽음을 들었고 보았지만 이제야 내가어떻게 살아야 할 것인지 대충 윤곽이 잡히는 것 같다. 이제부터라도 나는 많은 것들을 후회 없이 나누고 내 곁에 있는 것들을 더욱더 사랑할 것이다. 의미를 찾는 일을 멈추지 않을 것이고, 표현하는 것을 겁내지 않을 것이다. 얼마나 오래 살았는가보다 얼마나 울림 있는 사람이었는가가 더 중요하다는 것을우리는 그 죽음으로부터 알 수 있으니까. 이 먹먹함은 잠시 덮어두고 그 울림을 간직한 채 살아가야겠다.

◇ 나는 충분히 좋은 사람

한때는 남이 주는 상처와 아픈 말들을 참으면서 웃음으로 되돌려주는 것이 좋은 사람이 되는 방법이라고 생각했던 적이 있었다. 내가 만약 꽃이라면 나를 꺾는 사람에게 좋은 향을 주는 것이 좋은 꽃이라는 생각이었다. 그래서 때로는 남들이 나에게 잘못을 해도 웃음 짓기 바빴고, 혹여나 내가 좋아하는 사람이 나를 멀리하게 될까 몸과 마음에 새겨진 흉터들도 안 보이도록 숨기고 감췄다.

하지만 그렇게 몇 년을 살다 보니 내 곁에 남은 것은 아무것도 없었다. 상처를 감추면서까지 잘해주고, 나를 희생하면서 즐거움을 주었지만, 그 사람들이 내게 되돌려준 것은 결국 더욱 깊은 외로움일 뿐. 게다가 향이 없어지고 말라버린 꽃을 사람들은 더 이상 좋아하지 않았다.

이제 더는 좋은 사람이 되려고 애쓰지 않을 것이다. 내가 먼저 잘 보이려고 애쓰는 일도 줄어들 것이고, 내 몸과 마음을 전부 걸어버리는 멍청한 사랑도 하지 않을 것이다. 가끔 내 곁에 와서 너무 많은 것을 바라는 사람들에게도 흔들리지 않으며 피해보면서까지 잘해주지 않을 것이다.

평소에 나를 좋아해 주고 친절하게 대하는 사람에게 좋은 행동으로 보답하는 것만으로도 나는 충분히 좋은 사람이고 괜찮은 사람일 것이다.

괜찮은 나를, 좋은 사람인 나를
더 소중히 생각할 수 있는 내가 되기를.

◇ 퍼펙트

얼마 전 당당히 취미라고 말할 수 있는 것이 생겼다. 바로, 볼링. 이제까지 내가 가장 좋아하는 스포츠는 축구였다. 기회가 있으면 무조건 하는 편이었고, 초등학생 때는 MBC 축구 대회에도 나갔다. 중학교, 고등학교 때도 체육시간이면 항상 축구를 할 정도로 좋아했었다.

하지만 성인이 되고서는 축구와 조금은 멀어졌는데 그 이유는 축구가 팀 스포츠라는 이유 때문이었다. 학창시절에는 항상 축구할 친구들이 있었는데, 성인이 되고나니 이런저런 이유로 흩어져 예전처럼 모여서 축구를 할 수가 없었다.

하지만 볼링은 다르다. 볼링은 혼자서도 즐길 수 있는 스포츠다. 확실한 팀과 상대방이 있어야 하는 축구나 농구 같은 여러 팀 스포츠와 달리 볼링은 사실상 나와 대결하는 스포츠에 더 가깝다. 겉으로는 공을 굴려 핀을 맞추는 단순한 운동처럼 보이지만, 작은 실수에 승패가 갈리는 아주 예민한 스포츠로 어떤 상황에서도 흔들리지 않는 강한 정신력이 필요하다.

사람들은 스포츠를 할 때 장비를 모두 갖춘 사람들은 실력이 좋을 것이라고 생각한다. 나 또한 볼링장에 구비된 볼로 볼링을 칠 때마다 옆 레인에 그런 사람들이 있으면 조금씩 기가 죽었다. 축구화를 신고 축구하는 사람들 옆에서 맨발로 축구하는 기분이랄까? 사실은 맨발로 축구를 해도, 볼링장에 있는 볼로 볼링을 해도 기본기가 탄탄하고 실력만 있으면 더 잘할 수도 있는 건데 괜한 열등감이었다.

볼링은 공을 굴리는 횟수가 정해져 있기 때문에 자연스레 점수도 최고 점수가 정해져 있다. 최고 점수는 300점인데 이는 볼링 한 게임에서 모두 스트라이크를 쳐야 얻을 수 있는 어마어마한 점수다. 아마 볼링을 치는 모든 사람의 꿈은 퍼펙트를 기록하는 것일지도 모른다.

남들 앞에서 주눅 들기 싫었던 나는 조금 더 안전하게 볼링을 즐기기 위해, 좋은 점수를 위해서라는 핑계로 온갖 장비를 다 구입했지만 정작 장비를 구입한 날 가장 엉망인 점수를 받았다. 결국 볼링에서 가장 중요한 건 일관성이었다. 좋은 장비로 좋은 점수를 얻는 것이 아니라 어떤 상황에서도 정확하고 흔들림 없이 내가 옳다고 생각하는 방향을 향해 공을 굴리는 것.

어쩌면,

우리가 인생이라는 게임에서 항상 패자가 되었던 이유는 자신
의 상황을 탓하면서 남들의 환경만 부러워하고 그 여건 속에
서 최고가 될 방법은 생각하지 않으면서 그저 멋있고 빛나는
것들만 차지하려 하는 마음 때문일지도 모른다.

◇ 목적지

가끔 목적지를 잃는 글을 씁니다.
뒤돌아보니 제법 멀리 왔는데
어디로 가려 했는지 까먹었기에
앞으로 가지도 못한 채
그동안의 걸음들을 지우죠.
언젠가 긴 여정을 떠날 때가 온다면
지금 이 길을 걷는 이유가 뭔지
스스로에게 자주 물어보세요.
목적지가 있다면 지쳐 쓰러져
더 이상 길을 걷지 못한다고 해도
의미 있는 걸음이 되겠지만
그게 아니라면 시간도 잃고
삶의 방향도 잃어버릴 테니까요.

◇ 척

살아오면서 많은 척들을 보았지만
내가 가장 가슴 아팠던 척은
알면서도 모르는 척이었다.

상대방이 나의 마음을 알고 있다는 걸
알고 있음에도 모르는 척하는 것에 대해
뭐라 말할 수도 없는 상황.

그런 그 사람 앞에서는 나도 종종 척을 했던 것 같다.
상대의 모른 척에 대한 모른 척.

그렇게라도 하지 않으면 내가 너무 비참해질 것 같았기에.

◇ 매듭

절대 풀 수 없는 매듭을 가졌는데,
그 매듭을 풀어야만 모두가 행복해진다면
그것을 최대한 예쁜 모양으로 만드는 게 최선인 걸까.
아니면 그 매듭에 좋은 기억들을 자꾸 매달아,
또 다른 행복을 찾아야 할까.

관계의 문제가 매듭이라면.

◇ 저마다의 표정

거리를 거니는 사람들을 보고 있으면
저마다의 표정이 얼굴에 걸려 있다.

나는 사람들 앞에서는 주로 웃는 얼굴이었지만
혼자 있을 때는 무표정일 때가 많았다.
주로 웃는 얼굴이었던 이유는 사람들과 있을 때가
훨씬 재밌어서가 아니라 늘 행복하고 좋은 이미지만을
보여주고 싶다는 욕심이었다.
누군가에게 기억될 내 모습이 언제나 웃는 모습이기를,
무의식중에 나에게 강요했던 것이다.

사랑에 있어서도 무조건적인 이해보다
싫은 건 싫다고 단호하게 말할 줄 아는 그 마음이
오히려 관계를 더 강하게 만들어준다는 것을 나는 몰랐다.

나의 감정을 속이고 겉으로 웃는 척 연기하는 것은
나 자신에게 하는 학대와 다를 것이 없다는 것을.

◇ 결핍

결핍이 있는 사람에게 우리가 말해줘야 할 것은

다시 한번 결핍을 들추는 말도 아니고

풍족한 삶이 곧 올 거라는 다독임도 아니고

그냥 가만히 바라봐주는 것이다.

미국의 코미디언 크리스 락이 이런 말을 한 적이 있다.

회사에 다니지 않고 경력을 쌓는 사람들은

직장인들이 주변에 있을 때 입을 닫는 법을 배워야 한다고.

너의 행복으로 다른 사람들을 슬프게 하지 말라고.

그들이 네가 쌓은 멋진 경력들을 궁금해할 것 같냐며.

그 말들은 코미디로 포장되어 있지만

너무 현실적이어서 가슴에 와닿았다.

가끔은 나의 행복도

조용히 느낄 줄 알아야 하는 것 같다.

누군가가 나의 행복을 보고

자신의 불행을 더 크게 느낄 수도 있을 테니까.

◇ 나에게만 슬픈 이야기

네 곁을 떠나오면서 나는 알았지.
상대의 마음만을 염두에 두는 것은
내가 감당해야 할 상처만 늘어가는 거였어.

너를 사랑하기에 감당했던 많은 이해들도
지금 보니 내가 당연히 받아야 할 사랑을 받지 못했던 거야.

쉽게 말하자면 나는 너를 사랑해서 힘들고
너는 그냥 나를 사랑하기가 힘든 거였겠지.

너는 편한 연애만을 바라는 사람이니까.

◇ 관계의 죽음

나는 왜 행복하지 않다고 말하지 못했을까.
그때 당신이 하는 행동들이 마음에 들지 않았음에도
괜찮은 척 그냥 웃어넘겼던 이유는 무엇 때문이었을까.

혼자가 되기 두려웠던 탓일까.
내가 너무 속 좁은 사람으로 보일까봐 그랬던 것일까.

시간이 지난 지금 깨달았다.

말하지 못하면 혼자 끙끙 앓아야만 한다.
그리고 그 끝은 항상 어둠이다.

관계의 죽음이다.

◇ 날파리

나는 사랑이라고 생각하고 한 일이 누군가에게는 고통일 수 있겠다 생각했어요. 예전에는 많은 사랑을 받아야만 행복한 거라 믿었습니다. 그리고 저 또한 그렇게 사랑을 주려고 노력했죠. 당신이 없으면 안 될 것 같다는 심정으로요.

어느 날 카페에 앉아 있었는데 옷에 아주 작은 날파리가 붙어 있는 거예요. 벌레라면 식겁하며 도망가는 저조차도 아무렇지 않게 볼 수 있는 날파리가요. 그래서 아주 살짝 건드려 떼어놓으려고 했는데 저는 생각하지 못했어요. 이 정도면 괜찮겠지라고 생각한 제 힘이 그 날파리에게는 큰 위협이었다는 것을요.

그때 이후로 저는 생각이 바뀌었습니다. 내가 큰 사랑을 줄 수 있다고 해도 누군가가 그 마음을 받아들일 준비가 되지 않았다면 독이 되겠다고요. 그리고 다짐했습니다. 날파리를 해치지 않고 떼어놓는 것이 사랑이라면 나는 힘을 주거나 털어내는 것이 아닌 날파리가 어디론가 날아갈 때까지 기다리거나 기분 좋은 바람에 날려 보내겠다고.

누군가에게 사랑을 주고 싶다면
무턱대고 마음을 보여주는 것이 아니라
천천히 마음이 열리도록 기다려야겠다고.

◇ 화

너에게 화가 났었다.
너에게 화를 냈었다.
밤새 뒤척이는 건 나였다.

◇ 칼날

사랑을 잃었던 순간보다
텅 빈 그대의 마음을 읽었던
그 순간이 내겐 더욱 칼날 같았다.

◇ 관계의 문제

삶의 여유나 시간 따위의 핑계로
주변 사람들에게 날카롭게 대할 때가 있어요.

힘든 시기를 겪으며 정신도 점점 피폐해지고
내 몸과 마음을 챙기기도 바쁘다며
늘 곁에 있어주었던 소중함을 잊어버리는 거죠.

하지만 그 누구도 자신이 힘들다는 이유로
다른 누군가를 함부로 대할 수는 없어요.

상대방이 화가 났다고
내가 날선 말들을 들어야 할 이유는 없는 것처럼,
마찬가지로 내 기분이 좋지 않다고 해서
다른 사람의 기분까지 망칠 수는 없는 거죠.

그러니 자신이 힘들거나 기분이 좋지 않을 때는
가까운 사람을 대할 때 더 조심하기로 해요.

삶의 여유나 시간적인 여유는 언젠가 되찾을 수 있지만
그때 잃어버린 관계들은 되찾기 어려우니까요.

◇ 파도

다시 반으로 접을 마음이라면
그렇게 넓게 펼치지 마라.

내가 그 면적에 속아 황홀했던 것도
반으로 접힐 줄도 모르고
나의 삶을 울컥 쏟아버린 것도
어쩌면 다 네 탓이다.

나를 기대하게 만들고
나를 은근한 온기로 데운 것도
어느 정도는 네 탓이 있다는 말이다.

그러니 거센 물결로 밀려 들어와 놓고
잔잔히 빠져나가지 마라.

네가 도망간 자리에 서서 한참을 기다릴 정도로
나는 온전하지 않고,

너 는   날   사 랑 하 지   않 는 다 .

◇ 반복

사람에 대한 기대가 가장 대책 없다.
이번에는 좀 다르겠지 생각하면
언제나처럼 나의 마음에 상처를 꽂는다.

◇ 이별을 시작하면서

생기 없는 관계를 붙잡고 사는 것과
의미가 사라진 순간, 놓아버리는 것.
그중 내게 득이 될 것은 무엇일까.

사람을 잃고, 적막을 얻는다는
그런 그럴듯한 말 말고.

열정 없는 사랑이라면 괴롭더라도 빨리 끊어내는 것이
열정 없는 사랑이라도 억지로 유지하는 것보다 나은 건가.

사랑이 이루어지는 것처럼
이별에도 어느 정도 일정한 흐름이 있다면
이별을 시작할 때 그 행동들을 통해서
편하게 이별할 수 있을까.

사랑이 오는 것처럼 이별도 직감할 수 있을까.
사랑을 시작하는 것처럼 이별도 시작할 수 있을까.

◇ 포기하는 마음

누군가를 내가 포기해버릴 때
나는 그게 더 무섭다.
악화된 관계나 상황들보다 더.
내가 포기하는 마음을 먹었다는 사실이.

과거에는 나도 누군가를
격렬하게 싫어하는 감정을 가졌던 때가 있었다.
하지만 이젠 안다.
그 감정은 오히려 관계를 사랑할 때 나온다는 것을.

거센 물살에 떠내려가는 관계를 보면서도
굳이 붙잡으려 하지 않고 바라보게 되는
그때 나의 마음이 가장 무섭다.

◇ 소나기

그칠 줄 모르고 내리는 비.
나도 저렇게 무작정 누군가에게로
떨어지던 순간이 있었지.
그 비를 피해 당신이 어딘가로
숨을 줄은 모르고.

생각보다 놀랍지는 않았다.
우연찮게 들은 결혼 소식에도
마음이 아프다거나 감정이 묘해지지 않았다.

단지 조금 신기할 뿐이었다.
불과 몇 년 전 내 곁에 있던 사람이
누군가의 짝이 되어 평생을 약속했다는 것이.

잠시 내 곁에 머물던 사람이지만
이렇게 아무렇지 않을 수 있다는 것은
기뻐해야 하는 일일까.

후회 없이 사랑해서 다행이다.
맞지 않았던 옷이 이제서야 맞는 기분이다.

◇ 떠날 이유

알면 알수록 괜찮아지는 사람이 있고
깊어지면 깊어질수록 빠져나와야 할 이유를
본인의 행동으로 알려주는 사람이 있다.

참 고맙게도.

◇ 아팠던 순간

나는 너를 확신했는데

너는　나를　고려했을　때　.

◇ 인연의 끈

사람과 사람이 만나는 것이 쉬운 일은 아니다. 우연찮게 누군 가를 마주친 뒤 온종일 생각나, 그 사람에게 마음이 기울 수는 있으나 서로가 우리가 되는 일은 그리 간단하지 않다. 한쪽이 서두르면 한쪽이 따라가지 못할 수도 있고, 한쪽이 좋다고 표현한 것을 다른 한쪽은 좋아하지 않는 것으로 받아들일 수도 있다.

간격이 맞지 않아서, 서로 표현하는 방법이 달라서 놓쳐버린 인연이 참 많다. 아는 사람의 소개로 누군가를 알게 되었지만, 한 번도 단둘이 만난 적은 없는 애매하고 슬픈 사이처럼 이 세상에는 아직까지 눈치만 보며 그 타이밍이 올 때를 기다리는 사람들이 있다.

언젠가 우연처럼 생각지도 못한 곳에서 서로를 만나, 그때 멈춰버린 인연의 끈을 다시 늘릴 수 있기를 고대하며 말이다.

◇ 퍼즐 조각

맞지 않는 퍼즐 조각을 굳이 이어붙인다고 그림이 되지는 않아.
그 둘이 하나로 살아가는 방법은
서로의 위치에 서서 하나의 그림이 되는 거지.

적당한 간격이 있어야 해.
모든 것에는.

속

아무리 좋은 것들을
많이 들고 산다고 해도
속이 텅 빈 나라면
그게 무슨 의미가 있을까.

◇ 데미지

일상 속에서 어쩌다 마주친 이상한 사람과
나의 실수에서 오는 스트레스보다는
늘 마주치는 사람에게서 오는 스트레스를 더 크게 느끼는 건
순간은 모두 지나가 또 다른 순간으로 잊히지만
인간관계에서 생긴 데미지는 계속해서 마음속에 쌓이기 때문.

순간의 아픔은 증발해버릴지 몰라도
늘 곁에 있는 사람에게서 받은 아픔은
가장 밑부분에 남아 쉽게 없어지지 않는다.

◇ 관계 유지

수많은 사람들과 적당한 거리를 유지하며 사는 법은
어쩌면 과하지 않은 감정으로 사람을 대하는 것일지도 모른다.

너무 잘해줘도, 너무 못해줘도 안 되는
적당한 선 안에서 마음을 쓴다면
감정이 격해져서 오는 문제도
부족해서 오는 문제도 없을 테니까.

◇ 안 되는 이유

아무리 편하다고 해도, 나를 잘 알고 있다고 해도
나에게 큰 상처를 준 사람에게는 되돌아가면 안돼요.

구관이 명관이라는 말처럼
내 몸과 마음에 익숙한 사람을 다시 찾게 되는 일이
가끔은 어쩔 수 없이 느껴지기도 하겠지만,
솔직히 말하면 그건 모두 핑계예요.

옛 애인과는 거리낌 없이 편한 얼굴로
동네를 돌아다니며 웃고 떠들곤 했는데
아예 모르던 사람과 처음부터 믿음과 애정을 쌓아가려 하니
한순간 번거롭게 느낀 것일 뿐.

아무리 편하고 익숙한 사람이어도
내게 큰 상처를 준 순간부터는
나를 아프게 만든 사람 중 하나에 불과합니다.

◇ 나만의 공간

나만의 공간이 필요하다.
그 누구도 들어올 수 없는 동굴 같은 곳.
관계의 문제가 있을 때,
사람들을 대하며 생긴 피로감들을
잠시나마 내려놓을 수 있는 곳.

아무런 눈치 보지 않아도 되는
나만의 공간이 필요하다.

그게 없으면 온전한 나의 모습을 잃게 될 것 같다.

◇ 다들 그럴까

나만 이렇게 힘든 오늘인가.
아니면 다들 그런 마음인데
웃으며 지내는 건가.
진실된 표정을 했던 적이 언제인가.
꾸밈없는 내 모습을 사랑했던 사람은 있었을까.
가진 게 없어서 무너졌던 관계 속
그 사람은 잘 지내고 있을까.
한숨으로 가득 찬 오늘.
내일이면 좀 다를까.

◇ 첫 향

예전에는 남 앞에서 억지웃음을 짓듯 감정 낭비가 심했다면, 요즘은 슬픈 일이 있어도 아무렇지 않은 척 웃고 마는 감정 무시가 잦아졌다. 지나치게 슬프고, 지나치게 기쁜 것에 대한 공포감이 깊어졌다. 한 번 황홀한 일을 겪으면 그 기쁨을 온전히 누리는 것이 아니라, 그 후에 잠잠해질 마음을 위해 지나치게 차분해지려 애쓰는 것이다. 모든 감정은 중요하다. 슬픈 일 뒤에 오는 공허함과 기쁨 뒤에 오는 그저 그런 기분. 모두 앞선 감정을 제대로 느껴야만 알 수 있다. 잊지 않았으면 한다. 감정의 잔향을 맡기 위해서는 향수처럼 첫 향이 있어야 한다는 것을.

나는 다양한 향이 있는 사람이고 싶다.

◇ 악몽

자고 일어나면 너를 만나기 전의
나로 깨어나기를 바랐던 적이 있다.
그럼 참 지독한 악몽을 꾸었구나 하고
너를 비껴갈 수 있을까 해서.

◇ 비타민D

성인의 72%가 비타민 D 결핍이라고 한다. 비타민 D는 햇볕을 쬐면 자연스레 체내에 흡수되는데, 지금 이 사회에서는 적당한 햇살을 느낄 여유조차 없다는 말이기도 하다. 당신이 어지럽다는 이유로 출근길에 주저앉아 회사를 늦게 갔던 그날. 비타민 D 결핍이라는 그 말을 당신에게 들었을 때 나는 성인의 72%가 흔히 겪는 증상이라고 해서 안도하지 않았다. 산책을 좋아하고 따뜻한 햇살을 느끼는 걸 좋아하는 당신이, 매일처럼 회사로 출근해 형광등 빛을 맞으며 사는 게 측은했다. 결핍보다 두려운 건 당신의 우울이었다. 평생 영양제 한번 사본 적 없지만, 당신처럼 나 또한 결핍임을 알지만 당신을 채워주기 위해 덜컥 영양제를 샀다. 오늘도 어김없이 직장에서의 스트레스와 삶의 피로감을 느끼고 있을 당신이, 나의 마음으로 인해 조금은 따뜻해질 수 있다면 참 좋겠기에. 언제나 위로가 되고 싶다. 당신은 내게 언제나 큰 의미가 되어주니까.

◇ 위태로운 관계

이해가 포기처럼 느껴지는 순간이 오면 관계는 위태로워진다. 예전에는 가슴 뜨겁게 다퉜던 일들도 이제는 무덤덤해지고, 혼자만의 노력으로 관계를 이어갈 수 없다는 것을 깨닫게 되면, 마음은 순식간에 미지근해진다. 관계를 지키려다 자신의 마음이 상하게 두지 마라. 다른 관계는 많아도 마음은 한번 고장 나면 사람을 가까이하기 두려워지니까. 명심하자. 일방적으로 행복해서도, 일방적으로 아파서도 안 된다. 서로 행복하려고 시작한 만남이 아닌가. 구태여 이것저것 이유를 대가며 관계를 이어나갈 필요 없다. 한 번쯤 속으로 이 관계가 반드시 끝나겠구나 생각했다면 더더욱.

◇ 마음가짐

그 어떤 것도 네게 위로를 주진 않아.
잃어버린 사랑과 닮은 영화가
항상 큰 울림을 주는 것도 아니지.
늘 후회 없이 사랑하라던 영화 속 대사처럼
나도 한 번 그렇게 사랑해볼까 하고
다짐하는 순간이 가장 큰 위안이 되는 거야.
그런 마음가짐이 없다면 애정 어린 타인의 위로도
그냥 스쳐가는 바람에 불과한걸.

◇ 황혼

노을 지는 것처럼 잊힐 수 있다면
그 얼마나 좋을까.
어느새 온 세상에 어둠이 내려도
누군가가 나를 완전히 잊게 된다 해도
지는 순간마저도 참 아름다웠다고
누군가 말해준다면,
조금은 위로가 될 텐데.

◇ 무덤덤

내가 찍는 하늘과 별이 될 너의 시선,
이런 세상이라면 놀랍지 않다.
이보다 더 큰 환희가 찾아온다고 해도
너에 비하면 한 줌의 크기일 테니.

◇ 소원

소원을 딱 하나만 쓸 수 있다면
더 이상 소원을 쓸 일 없게 해달라고
간절히 바라야겠다.
무언가를 바라지 않아도 행복할
잔잔한 삶을 얻고 싶어서.

큰일

힘든 길을 걷는 너를 보는 게 어려워.

나의 불행은 대수롭지 않게 넘겨버려도

네가 우는 일은 여전히 내게 큰일이니까.

◇ 흔들리며 가는 것

앞으로 어떤 길을 걸어야 할지 몰라서
문득 지난날들을 다시 한 번 돌아보았다.
'그때도 많이 휘청거렸었구나.'
지금의 흔들림에 안정을 느꼈다.

◇ 습한 날

비가 와서 습해진 공기만큼이나
나를 예민하게 만드는 관계에 지친다.
내가 선선한 사람이 되는 게 빠를까.
그런 사람을 기다리는 편이 좋을까.
그 어떤 것도 쉽지 않아서 힘든 밤이다.

◇ 정말 무서운 것

악이 정말 무서운 이유는 놀라울 정도로 평범한 모습을 하고 있다는 거다. 그들은 이웃집 할아버지이기도 했고, 유복한 집에서 자란 여고생이기도 했고, 누군가의 남자친구이기도 했다. 의도가 불순하지 않았음에도 나를 향한 친절을 의심하게 되고, 선해 보이는 사람도 섣불리 신뢰할 수 없는 건 어쩌면 악에 대항할 수 있는 유일한 것이 의심뿐이란 것을 그동안 악이 우리에게 알려주었기 때문이 아닐까. 진정한 악은 절대로 악함을 드러내며 살아가고 있지 않기에. 나를 향해 웃어주는 웃음이 언제 피가 되어 돌아올지 모르는 참 무서운 세상이다.

집

각박한 세상으로부터 도피하는 곳.
지친 마음을 둘 수 있는 안식처 같았던
집이라는 존재가 불편해지는 순간은
밖에서 받는 스트레스와 버금가는
숨 막히는 눈치를 주고
협소해진 마음의 여유마저 빼앗아갈 때.

◇ 안정감

마음속에 화기가 돌면 누군가를 붙잡고 속을 비워내고 싶다. 예전에는 잘 몰랐는데 혼자일 때보다 나의 하루를 설명할 수 있는 사람이 내 곁에 있을 때, 그 순간을 조금 더 끈질기게 버티게 되는 것 같다. 슬픔을 말하면 슬픔이 반이 되고, 화를 말하면 화가 가라앉고, 행복을 나누면 행복이 배가 되는 것처럼. 사람에게 기대는 일이란 어쩔 수가 없다. 결국 상처를 주는 것 또한 사람일 테지만. 사람에게서 오는 안정감이 좋다. 나쁜 사람만 내 곁에 있는 것은 아니니까.

◇ 공기의 무게

반드시 헤어짐을 말해야만
사랑이 끝나는 게 아니에요.

헤어짐을 말해도
사랑은 끝나지 않을 수도 있고
헤어짐을 말하지 않았어도
사랑이 죽은 것을 느낄 수 있죠.
어쩌면 공기의 무거움만으로도.

◇ 사람인데

평소라면 서운했을 상대방의 행동들에 '사람인데'라는 생각을
덧붙이기 시작했더니 이해되는 감정들이 늘어났다.

사람이라면 그럴 수 있다.

◇ 눈치

나는 작은 변화에도 민감하고
예민해서 눈치가 없는 편이 아닌데도,
내가 가끔 눈치 없는 사람이 되는 경우는
은연중에 강요하는 그 느낌들이 싫어서
억지로 외면하고 있는 것임을 알아주었으면 좋겠다.

◇ 어려운 세상

나의 마음은 언제나 열려있지만 그렇다고 해서 아무나 쉽게
받아들일 거라는 것이 아니고, 낮보다 밤을 더 좋아한다고 해
서 밤에만 연락하는 사람이 좋다는 것도 아니다.

이 세상에는 쉽게 판단하고 관계를 대하는 사람이 너무 많아
서, 취향조차 함부로 말할 수가 없는 것 같다.

◇ 의미 부여

사람에 대한 의미 부여를 그만두게 된 계기는 여러 사람들을 잃으면서 그 사람에게 주었던 의미들을 잊어야 했을 때. 그리고 그 의미들을 거리에서, 세상 속에서 마주하게 되었을 때. 그 잔혹함을 느끼고부터다.

◇ 어둠의 장점

삶의 환희나 즐거움

그 모든 것이 밝을 거라 생각하지 마라.

가끔은 먹먹하게 흐린 날.

가장 눈부신 사람을 만나기도 하고

한치 앞이 안 보이는 어두운 곳에서

슬쩍 손잡아주는 따뜻한 마음을 느끼기도 하니까.

◇ 사랑의 시차

사랑은 강요할 수 있는 게 아니다. 사람마다 사랑의 방식이 다르기 때문이다. 내 주변에도 그런 사람이 있었다. 호감은 있지만 사랑에는 감정이 다다르지 않은 상대에게 계속해서 자신의 마음을 드러냈다. 나는 아직 마음이 정돈되지 않은 상대방에게 언제까지 좋아할 거라며, 기다릴 거라며, 자신의 마음을 드러내는 것도 폭력이라고 생각한다.

사랑에는 시차가 있다. 한 사람은 시간이 빨라서 마음이 금세 커졌을 수도 있지만 한 사람은 시간이 느려서 한참을 돌아올 수도 있는 것이다. 사랑은 상대방이 나의 시차로 살기를 강요하는 일이 아니다. 서로 조금씩 시간을 맞춰나가며 비로소 같은 시간에 머무는 일이다.

◇ 애매함

직업적으로나, 사회적으로나 무언가 애매한 사람들의 특징은 지나치게 현실에 안주하며 산다는 것이다. 그런 사람들의 대부분은 기근에 처하지는 않았지만 그렇다고 풍족하지는 않은 자신의 적당함에 만족한다.

결코 나쁜 것은 아니다. 자신이 가진 위치를 사랑한다는 거니까. 적당함을 사랑할 줄 안다는 것은 탐욕이 없고 많은 것을 들고 살지 않아도 충분히 무게감 있는 삶을 살 수 있다는 증거니까. 하지만 그 애매함을 이겨내려고 노력하지도 않으면서 불평만 내뱉는다면 얘기는 달라진다.

애매한 노력을 하면서 현실을 탓하는 건
아무런 변화도 가져다주지 않는다.

◇ 한 발

고여 있는 상태로는 어디로도 흘러가지 못한다.
나는 과연 부족했던 과거의 나와
실수했던 어제에서 벗어난 걸까.

◇ 돌아보기

눈을 감지 않으면 꿈꿀 수 없고
입을 떼지 않으면 대화할 수 없고
진심이 아닌 마음으로는 사랑할 수 없다.
당신이 하고 있는 일이 이상하게
안 되는 것 같은 기분이 들 때
스스로를 한번 돌아보라.

눈을 감지 않고 꿈을 꾸려 하지는 않았는지.
입을 떼지 않고 대화를 바라지는 않았는지.
진심이 아닌 마음으로 사랑한 것은 아닌지.

◇ 나의 삶이 어두울 때

내면이 멋있는 사람이 좋다.
화려한 겉모습만 있는 사람보다는
내가 우울하고 슬플 때
나를 위해 우스꽝스러운 표정을 지어줄 수 있는
순박한 속을 가진 사람이 더 좋다.

나의 삶이 가장 빛날 때
누군가를 만나기는 굉장히 쉽다.
나의 환함을 보고 다가오는 사람도 많다.

하지만 우리는 조심해야 한다.
우리는 언제나처럼 빛날 수 없기 때문이다.

그래서 나는 환하고 멋질 때의 내가 아니라
어둡고 힘들 때의 나라도 좋아해주는 사람을 보면
나의 마음 전부를 쏟아서라도 잘해주고 싶다.

나의 빛나는 모습은 누구나 사랑해줄 수 있지만
빛나지 않는 나의 모습을 보고도 다가와줄 사람은
그다지 많지 않기 때문이다.

한 번 깨진 그릇은 산산조각을 다시 이어 만든 거라 처음보다 덜 예쁠지는 몰라도, 조심히 들고 있으면 다시 깨질 일은 절대 없어요. 깨진 그릇은 또다시 깨지기 마련이라는 말. 새 그릇도 조심하지 않으면 깨지는 마당에, 실은 깨지는 원인을 알면서도 자꾸 위험한 곳에 그릇을 두는 그 사람들의 잘못이겠죠.

◇ 눈치백단

사람들은 항상 누군가 나의 상황에 공감해주기를 바란다. 누가 어떤 사람을 일컬어 정말 짜증 난다며 왜 그러는지 모르겠다 말한다면 그건 '내가 이 사람 때문에 기분이 나쁘니 같이 욕해 주었으면 좋겠어'라는 뜻이고, 예전에는 안 맞던 옷이 이제는 맞는다며 내게 이야기한다는 것은 '살 빠진 것 좀 눈치채줘'라는 뜻이다.

눈치가 빠른 사람들은 이런 공감능력이 뛰어나다. 상대방이 무슨 의도를 가지고 말을 하든 빠르게 파악하기 때문인데, 개인 적으로는 정말 좋은 능력이라고 생각한다.

관계가 어긋날 것 같을 때, 내가 한 말이 상대방에게 상처가 될 것 같을 때, 아무것도 모른 채 가만히 있는 것보다는 재빠르게 상대의 마음을 읽고 잘못된 것을 고쳐나가는 것이 많은 관계 속에서 훨씬 끈질기게 살아남을 수 있으니까.

◇ night shift

아이폰에는 'night shift'라는 기능이 있다. 눈의 피로를 줄여주는 기능이라 컴컴한 곳에서 핸드폰을 할 때 종종 이용했는데, 이 기능을 통해 느끼게 된 건 사람은 확실히 적응의 동물이라는 것이다. 아직 써보지 않았다면 늦은 밤 이 기능을 한번 써보라. 처음에는 누런빛에 거부감이 들지도 모르지만, 10분만 보고 있어도 이전 화면이 낯설게 느껴질 것이 분명하다. 나는 사람의 놀라운 적응력이 조금 걱정스럽다. 적응이라는 말은 결국 환경이든, 상황이든 내 몸과 마음이 수긍해야만 성립되는 말이기 때문이다.

나는 두렵다. 이 적응력이 결국엔 옳지 못한 것을 보고도 옳지 않다고 말 하지 못하는 세상에 수긍하게 될까 두렵고, 상처를 받으면서도 당연한 거라 여기게 될까 두렵다. 우리에게 필요한 건 어쩌면 어떤 상황에서도 적응할 수 있는 능력이 아니라 뚜렷한 소신일지도 모른다. 잘못된 것에 익숙해지지 않고, 다수의 흐름이라고 해서 무참히 쓸려가지 않을.

3

그때 듣고 싶었던 그 말,
나에게 해주고 싶은 한마디

◇ 시작의 의미

'내가 과연 잘할 수 있을까?'

무언가를 시작하기 전에는 막연한 두려움이 나를 삼키기 마련이다. 나는 새로운 도전을 하기 전에는 실수할지 모른다는 생각에 지레 겁부터 먹곤 했다. 하지만 처음부터 능숙한 사람은 없다. 각자 분야에서 뛰어난 활약을 보여주는 사람들도 모두 부족한 처음을 겪었기에 그 자리에 있는 것이고, 처음부터 잘했다고 하더라도 분명히 그들에게도 힘든 순간들이 있었을 것이다.

경험해본 적이 없는 일을 하면 지금부터 하는 모든 행동이 그것에 대한 경험이 된다. 사람들은 그걸 간과하고 있다. 허우적거리고 헤매는 그 발걸음이 길을 단단하게 만들고 있다는 사실을. 사실 가장 중요한 건 시작했는지, 시작하지 않았는지다. 아무리 운동에 뛰어난 잠재성을 가지고 있는 사람이라고 해도, 운동을 시작하지 않으면 그저 평범한 사람일 뿐이고 몸이 약한 사람이라도 용기 내어 운동을 시작하고 꾸준히 연습하면 운동선수가 될 수 있다.

처음부터 잘하려고 노력하지 마라.
완벽하고 싶은 마음에 저지른 작은 실수 때문에
스스로 작아지고 웅크리지 마라.

무언가를 시작했다는 것은
이미 그 자체로 자신의 한계를 넘어선 것이다.
실력을 가꾸는 것은 그다음 문제다.

◇ 무기력한 날

잠에서 깨고 싶은데 몸이 말을 듣지 않는 나른한 순간처럼
가끔 정말 아무것도 손에 잡히지 않는 무기력한 날.
그런 날에는 사람을 만나는 것조차 피곤하다.
평소에는 깔깔대며 보던 예능을 봐도 재미가 없고
일을 하는 도중에도 나사 하나가 빠진 것처럼
멍하니 하루를 보낸다.

많은 사람들이 그런 날이 익숙하지 않을 것이다.
그래서 그런 날에는
공허하고 쓸쓸한 마음을 극복하기 위해
억지로 웃어도 보고, 사람을 만나려 하지만
그럼에도 크게 달라지지 않는다.

우리에게 그런 날이 찾아오는 건
몸과 마음이 과부하 되었다는 신호가 아닐까.
우리는 어쩌면 무기력에서 벗어나려고 몸부림치는 게 아닌
무기력한 나의 상태를 인정할 줄 알아야 하는지도 모른다.

아무것도 손에 잡히지 않는 날에는
억지로 무언가를 들고 거리로 나서고
내키지 않는 만남을 위해
내게 주어진 하루를 쏟을 필요가 없단 말이다.

그러니 그럴 때가 오면 그냥 내가 가진 마음의 용량이 가득 차서
무언가를 받아들일 공간을 만들어내고 있다고 생각하자.
찌든 때를 벗겨내는 것처럼
불필요했던 기억들도 버리며 재정비한다고 생각하자.

꼭 무언가를 하지 않아도 되는 날도 있다.

◇ 나답게

남들과 똑같은 말을 하고 똑같은 모양으로 사는 건 지겨워.
좋은 게 좋은 것이 아니라 나다운 게 가장 좋은 거야.

○ 과거의 나에게

새벽 어두운 방 안에서 혼자 들썩이며 우는 엄마 보게 되면
마음이 찢어질 듯 아플 테니까
속상할 일 없게 네가 잘하고 성공해야 돼.
좋아하는 것 앞에서 머뭇거리지 마.
그게 사람이든, 물건이든, 네 취향이든, 꿈이든.
어쩌면 네가 관심도 없던 것들이 네 삶을 쥐고 흔들
가장 중요한 가치가 되기도 하니까 모든 것을 소중하게 생각해.
이 세상에서 소중하지 않은 건
소중하지 않다고 생각하는 그 마음뿐.

언젠가 너에게 상처가 될 것 같은 사람이 나타날 거야.
그 사람이 플랫폼에 들어서는 열차처럼
너의 삶을 향해 다가온다고 하더라도 그냥 보내버려.
그 열차를 타게 되는 순간 마음이 찢길 대로 찢겨져
몇 년 후에도 그 시간들을 후회하게 될 테니까.
물론 그런 사랑에서도 얻는 것은 있을 거야.
그런 사람은 다신 만나지 않아야겠다는 다짐?

어려서부터 많은 것을 잘한다고 해서 좋을 것 같지.
잘하지 않아도 괜찮으니까 많은 것을 시도해봐.
그리고 그중에서 네가 가장 끌리는 한 가지를 계속해서 노력해.
모든 걸 다 잘하면 좋지만 이 세상은 한 가지만 잘해도 충분해.

이것저것 신경 쓰다 보면 오히려
어중간한 인간이 되어버릴 수도 있거든.
그래서 나는 좀 괴로웠었어.

아프면 참지 말고 말하고,
부모님이 주신 선물들 같은 사소한 것에 감사하며 살아.

나중에 부모님 삶이 삐걱거릴 때는 네가 힘을 드려야 해.
부모님이 네 삶을 지켜내고 응원해줬던 것처럼.

아 그리고, 외할머니한테 전화 한 통 걸어라.
사랑한다고 말해도 좋고, 직접 뵈러 가면 더 좋아.
조만간 네 마음과 공기 중에만 남아 계실 테니까.
살아계실 때 한 번이라도 더 안기고 말 걸어드려.
지나고 나면 사진 한 장 바라보며
추억하는 일 말고는 할 수 있는 게 없어.

그리고 가장 중요한 것.
너를 사랑할 줄 알아야 해.
그 누구보다 더.

남에게 기대지 말고
네 스스로가 단단한 사람이 되도록.

꼭 명심했으면 좋겠어.

○ 성숙

실패한 관계를 상대방의 탓으로만 돌리지 않는 것.
나의 문제점은 뭐였을까 생각해보는 것.

그 게. 성 숙 이 다.

◇ 당신의 세상

어떤 세상에 살고 있는지는
그 사람의 성격과 삶의 방향을 결정하는 것에 있어서
아주 큰 영향을 준다.

바람피우는 것이 합법인 곳에서는
진정한 사랑을 모른 채 이리저리 떠도는 사람이 많을 것이고
거짓말이 합법인 세상은 진심마저 의심하며 살 테지만,
여러 사람과 결혼하는 것이 합법인 곳에서는
나의 피가 여러 사람의 피와 섞이는 것에
죄책감을 느끼지 않을 것이다.

하지만 어떤 세상이더라도
당신이 마음만 단단히 먹는다면 이겨낼 수 있지 않을까?

다른 사람들이 바람을 펴도 나는 진정한 사랑을 하고
모두가 거짓말을 해도 나는 진실을 말한다면
적어도 스스로에게 부끄럽지는 않을 것이다.

삐뚤어진 사람들만 가득한 세상이라 해도
나까지 삐뚤어지는 일이 일어나지 않도록
바로 서 있는 게 내가 맞다고 생각하는 모습이라면
모두가 아니라고 할 때도 나는 기꺼이
똑바로 서서 흔들리는 삶을 선택해야겠다.

◇ 자존심

자존심은 있어도 걱정이고
없어도 걱정이다.

우리가 흔히 말하는 "내가 자존심이 있지"라는 말.
그 말은 누군가에게 굽히기 싫다는 말인 동시에
나의 가치와 품위를 지키고 싶다는 말과 같다.

나는 연애할 때 자존심을 모두 버리는 편이었다.
사랑할 때는 나의 모든 것을 내어줄 것처럼 사랑하는 것이
사랑하는 사람의 의무라고 생각했고
이별이 오더라도 후회와 미련이
가장 적은 방법이라고 생각했으니까.

하지만 돌이켜보면 모든 상황에서 자존심을 버렸던
나의 행동이 조금 후회된다.

상대가 내게 상처 줄 때만큼은 자존심을 지켰어야 했는데,
가끔은 나의 마음도 돌봤어야 하는데.

나는 그 사람의 모든 것을 사랑하는 것이,
욕심을 버리고 나의 모든 것을 주는 것이,
가장 이상적인 사랑이라 생각했다.

그래서 지금도 문득문득 후회가 되는지도 모르겠다.
누군가를 사랑하는 것과 나를 지켜내는 것은 별개의 일이다.
사랑을 하더라도 나를 지키지 못하는 사랑은 결국 이별이고
더 나아가서는 오히려 사랑하지 않는 것보다 못하게 된다.

◇ 관계의 수보다는 질

관계의 수보다는 관계에 질을 신경 쓰는 사람이 되는 것. 관계라는 것은 박리다매가 불가능한 사업이다. 싼 마음으로 얻은 관계가 많다고 해서 내게 남는 것은 없다. 나에게도 아는 사람이 많아서 좋았던 때가 있었다. 하지만 내게 필요했던 건 나를 위해 깊은 물도 마다치 않고 걸어 들어와 줄 사람이었다. 얕은 물에는 누구나 쉽게 들어올 수 있으니 이때의 관계의 수는 의미 없다. 중요한 건 그들과 얼마나 많은 상호작용을 겪었는가, 신뢰를 얼마나 쌓았는지다. 혹여나 내가 소홀히 대한 관계가 있었는지 스스로 질문하고 답하는 것이다. 자신이 감당할 수 있는 만큼의 관계만 들고 살자.

◇ 홀로서기

나는 늘 자유로운 것을 꿈꿨지만
지금까지도 익숙해지지 않는 건
혼자 어딘가에 가고 무언가를 하는,
이 세상 속에서 진실로 혼자 남겨지는 것이다.

예전부터 나는 어느 집단에 소속되기를 바랐다.
학교에서도 마음을 터놓고 지낼 수 있는 친구들이
있어야만 마음이 편했고, 급식을 먹을 때도
점심시간에 나가서 운동할 때도 같이 어울리던 친구들과
함께 있어야 즐겁고 또 가장 나다운 것 같았다.

하지만 영원한 것은 없듯
시간이 지나며 우리는 뿔뿔이 흩어졌다.
자연스레 혼자가 된 나는 불안해졌고 무서워지기 시작했다.

집단에서 멀어지고 나니까,
철저히 혼자가 되고 나니까,

가장 나다운 모습은
불안하고 조용한 사람이라는 것을 알게 되었다.
혼자가 되어본 적이 별로 없었기에 나는 지금까지도
나에 대해서 자세히 몰랐던 것일지도 모르겠다.

당신은 어떤가.
매일 아침 당신의 눈으로 보는 세상에 살면서
정작 남들의 시선을 신경 쓰며 살지는 않는가.
내 마음에서 흘러나오는 소리에는 귀를 막으면서,
정작 남들이 말하는 것들만 귀담아듣지는 않는가.

아직까지도 익숙하지 않은 혼자가 되는 법.
가장 나다운 모습을 알게 되는 것.
그것들을 아주 조금이나마 알게 되기까지
수많은 시간이 걸렸다.
그리고 문득 생각한다.
적어도 나의 삶을 사는 거라면
진정한 나를 알아갈 필요가 있지 않을까 하고.

당신에게도 묻고 싶다.
당신은 혼자일 때 주로 무엇을 하는지.

그리고 당신에 대해서 정말로
제대로 아는 것이 맞는지.

◇ 하나의 생

한 번 사는 인생. 그렇기에 누군가는 열을 내며 살겠지만, 저는 가깝고 먼 곳에서 여러 죽음들을 보았고 그에 관한 허무를 느꼈기 때문에 큰 욕심 없이 살려고 하는 편이에요. 계속해서 쌓는 것보다 무언가 나눠주려고 하는 사람. 자신에게는 엄격하지만 남에게는 조금 더 관대한 사람. 이 세상을 떠날 때는 아무것도 가지고 갈 수가 없잖아요. 제가 사랑하는 사람들에게 더 자주 무언가를 남겨놔야겠다는 생각이 들어요. 제가 사라져도 그들 각각의 마음에 제가 나눠져 기억될 수 있도록 말이에요.

◯ 최악의 상황

나는 내가 최악의 상황이라고 느낄 때, 또 다른 최악의 상황은 뭐가 있을지 생각한다. 그러면 나의 상황이 생각보다 심각하지 않음을 깨닫게 된다. 나는 내 삶이기에 특히 더 예민하고 신경질적으로 굴었던 것일 뿐. 객관적으로 보면 별 거 아닌 일에 유난을 떨었던 적이 더 많다.

◇ 열등감

열등감은 나보다 훨씬 나은 사람 때문에 생기는 것이 아니라, 스스로가 낮은 사람이라고 생각하고 자신의 가치를 낮춤으로써 생긴다.

열등감을 느끼는 원인은 남이 아니라 내 자신에게 있는 것이다.

◇ 길

말이 많다고 해서 온통 가벼운 것은 아니고, 말이 없다고 해서 반드시 재미없는 사람은 아닐 것이다. 대화라는 건 길과 같다. 속도가 빠른 길, 경치가 좋은 길, 어떤 사람과 대화를 나누는지에 따라서 볼 수 있는 풍경도 달라지고 세상도 달라진다. 별거 아닌 말을 하는데도 이상하게 마음이 좋고, 흔한 표현들이 근사하게 들려온다면 당신은 아마 그 사람을 특별하게 생각하는 것일지도 모른다. 의미 있는 길 앞에서는 쉽게 뭉클해지는 것처럼, 의미 있는 사람과의 대화는 적지 않은 감동을 준다.

◇ 나를 고치기

나를 고치는 일은 꽤나 중요하다.
사람들은 가끔 틀린 것과 다른 것의 차이를 모른다.

나를 억지로 바꾸는 일은 틀린 것이고,
나를 고치는 일은 조금 다른 내가 되는 것이다.

나는 많은 관계에서 나의 성격을 고집했던 적이 많았다.
'나는 원래 이런 성격인데 남들이 싫어하면 어때.'
'나를 좋아해주는 사람만 내 곁에 있으면 되는 거 아냐?'
라는 틀에 박힌 생각으로 꽤 많은 시간을 살아왔다.

하지만 내가 가진 성격이 남에게 상처가 되고
그 결과로 오히려 내 마음이 불행해지고 나서는
내가 가진 것들을 조금 고칠 필요가 있다는 것을 깨달았다.

무엇을 고쳐야 할지 몰라서 가끔 헤매기도 했지만
나에게서 상처받았던 사람과 대화해보는 것이

무엇을 고쳐야 할지 가장 확실하게 아는 방법이었다.

고치는 것에 익숙하지 않은 사람이 많다.
나를 변화시키는 것을 꺼리는 사람이 많다.
나 또한 그랬고, 꽤나 힘든 과정이었다.
완전하지 못한 상태에서 사람을 만나 또 상처 주기도 했고
나의 문제점을 고쳤다고 확신을 했는데 다른 문제가 보여
잠시나마 의지가 약해지기도 했으니까.

상대에 맞춰 자신을 바꾸라는 말이 아니다.
누군가의 옷처럼 딱 맞는 크기로, 온도로 변하라는 말이 아니다.
다만, 누구에게나 상처가 될 나의 성격이나 가치관을
고치면 더 많은 사람에게 상처 주지 않을 수 있다는 말이다.

조금 다른 내가 되는 것만으로도
어쩌면 당신이 사랑하게 될 그 사람의 눈물을
미리 덜어낼 수도 있을 테니까.
무엇보다 내 곁에 오래 남았으면 좋을 소중한 사람들을
오래 지키는 힘이 될 테니까.

○ 정류장처럼

모든 일에서 만족을 얻을 수는 없다. 그처럼 나를 찾은 모든 사람이 나를 좋아하는 일도 없을 것이다. 나는 덜 완전한 사람이다. 나를 미워하는 사람에게 떡 하나를 더 주고 싶은 마음도 없으며 그렇다고 듣기 좋은 말만 바라며 살고 싶지도 않다. 가끔 나는 정류장인 것 같다. 많은 사람이 나를 찾아오지만 다들 같은 버스를 타지는 않는다. 나를 미워하는 사람들이 타는 버스도 있고, 나를 좋아하는 사람이 타는 버스도 있다. 나의 역할은 그저 그 사람들을 한 곳에 모아 어딘가로 보내는 일이다. 그 사람들이 어딘가로 갈지는 내가 정할 수 없는 문제다. 그 말인즉, 나를 싫어하는 사람들의 마음에 들기 위해서 애쓸 필요도 없다는 말이다.

◇ 정반대로 살자

내가 처음 정반대로 살아야겠다는 생각을 한 것은 초등학교 때였다. 좋아하는 친구 앞에서 인사도 못하고 휴대폰 메시지로만 말을 거는 내가 너무 부끄러워서 눈 딱 감고 지금과는 정반대의 삶을 살기로 결심을 했던 것이다.

물론 지금까지 지켜오던 나의 모습을 버리는 것은 큰 숙제였고, 큰 용기가 필요하기 때문에 망설여졌던 것도 사실이었다.

하지만 그 잠깐의 망설임과 부끄러움을 이겨내자 지금껏 불편하다고 생각했던 것들이 아무렇지도 않게 편하게 바뀌었다. 만약 나처럼 자신의 성격이 고민이라면 하루만이라도 다르게 살아보자.

소심했다면 조금 더 대담한 하루를.
대담했다면 조금은 소극적인 하루를.

그럼 정반대로 살아감으로써 달라지는 장점과 단점을 내 몸과 마음으로 깊숙이 느낄 수가 있고 나와 다른 성향을 가진 사람을 이해하게 되는 계기가 될 수도 있으니 생각보다 얻는 것은 많을 것이다.

조금 더 넓은 스펙트럼으로
사람을 대할 수 있을 테니까.

◇ 듣기 좋은 말

듣기 좋은 말이라고 언제든지 와닿는 것은 아니다.
칭찬도 때로는 독이 되기도 하며
비판도 때로는 나를 성장시킬 수 있는 기회가 되기도 한다.

말을 잘한다는 것.
재미있게 이야기를 리드하고
자연스레 귀를 기울이게 만드는 것이
보통 사람들이 생각하는 말을 잘한다는 기준이겠지만.

내 생각은 조금 다르다.
말을 제대로 할 줄 아는 사람은
듣는 사람의 마음을 이해하고 상황을 고려한 뒤
그에 맞는 적절한 말을 꺼낼 줄 아는 사람이 아닐까.

○ 우거진 숲

우거진 숲에서는 나무 몇 그루쯤 쓰러져도 티가 안 날 것
같지. 그 숲이 전부인 사람에게는 아니란다. 무언가가 흔한
곳에서는 오히려 조심해야 해. 몇 개쯤 함부로 대하는 것이
아니라 최대한 상하지 않게.

◯ 언제나 스트레스는 찾아온다

기분 좋았던 나날들이 지나면, 언제나처럼 스트레스는 다시 찾아온다. 그건 돈이 되어 오기도 하고, 관계에서 생기기도 하며, 무엇을 해도 해결되지 않는 약간의 공허함에서도 온다. 어디로 가야 할지 모르겠고, 무엇을 해야 행복이라는 감정을 느낄 수 있는지 모르는 지금. 편히 쉴 곳도 없으며, 나를 좋아해서가 아니라 내가 가진 것들을 보고 그것을 얻기 위해 내게 다가오는 사람들을 그저 바라보고 있는, 혹은 그런 기분을 느끼는 지금. 나는 어느 길을 걸어야 하나. 별생각 없이 살고 싶지만, 신경 써야 할 것들은 넘치고 그 과정에서 얻는 상처와 어쩔 수 없음을 받아들이는 것은 나를 성장시키는 것이 아니라 오히려 나약해지고 심란하게 만드는데. 욕심을 버리면 좀 나아질까. 내가 가진 것들을 아끼지 않고 나누면 괜찮아질까.

이제 막 청춘을 살기 시작한 나에게는 벅찬 것들이 너무나 많다. 삶의 의욕이 사라진다. 그럼에도 지친 나의 마음을 신경 써주는 몇몇 사람들. 힘든 기분을 덜어주는 고마운 위로들. 애정 어린 시선으로 바라봐주고 본인의 일처럼 생각해주는 친구들. 그들이 있기에 힘을 내야겠다. 내가 무언가를 베풀지 않으면 나를 미워하고, 나를 깎아내리는 그들을 위해서라도 더 열심히 살아야겠다.

시련이 오면 사람이 걸러진다는 말. 하나도 틀린 말이 아니다. 속이 보이는 사람과, 무언가를 바라지 않고도 나를 진정으로 생각해주는 사람이 누군지 보이기 때문이다. 가장 가까이에 있으면서도 내가 가진 것들만을 보고 좋아하는 척하는 사람 또한.

◯ 담백하게 산다

최대한 담백하게 사는 것.

불필요한 감정들은 걸러낼 줄도 알고, 사랑받기 위해 욕심부리
지도 않으며, 외롭다고 칭얼대지 않고, 행복하다고 해서 나태해
지지 않는 것. 괜한 다툼에 시간을 낭비하지 않으며 감정이 요
동칠 때는 잠시 마음을 비우고, 눈길 둘 곳 없을 때는 괜히 하
늘도 쳐다보면서 약한 마음에 다짐을 채워 넣는 것. 이별을 겪
고서도 아무렇지 않은 척하는 것이 아닌 흠뻑 젖을 정도로 아
파하다 미련을 남기지 않는 것. 긴 시간 자리 잡은 적 없던 마
음속에 누군가가 자꾸 서성이는 것을 느끼며 웃어도 보는 것.

◇ 그 언젠가

사소한 것들에 웃을 줄 알고
거대한 슬픔에도 담담히 버틸 줄 아는
내가 되어가기를.

약한 마음을 가진 상태로는
이 현실을 버텨내기가 너무 어렵다.

◇ 혼자인 세상

혼자인 세상은 외롭지만, 다양한 사람과 함께 하는 세상은 잡음이 많다. 혼자일 때는 비교적 자유롭지만, 다수일 때는 자유롭지 못하다. 매일 1인칭의 하루를 사는 나는 혼자여도 충분히 살아갈 것 같지만, 사실 이 세상에 홀로 남겨지는 것은 내가 가장 두려워하는 일이기도 하다. 앞으로도 수많은 사람과 부딪히게 될 테고, 그 속에서 종종 문제도 생길 테지만 그 순간을 모두 가슴 깊숙이 느끼고 이겨내야겠다. 기댈 곳 없이 살아가는 인생만큼 고독한 건 없기에.

◇ 지키는 법

이 세상에는 인정하기 싫지만 결국 고개를 끄덕이게 되는 몇 가지 있어요. 예를 들면 무언가를 잃어봐야만 그것을 더욱 잘 지킬 수 있다는 말. 하지만 '잃어버리고 나면 속상하고 슬픈데 어떻게 잘 지킬 수 있다는 거지? 그 방법을 알게 되었다고 해도 처음에 잃어버린 건 영영 돌아오지 않는 거잖아?'라는 생각이 들겠죠. 사실 맞는 말이에요.

소중한 물건이 하나 있다고 칩시다. 그런데 그것에 대한 기억이 온통 따스하고 다시 구할 수도 없고, 지금 이 세상에 없는 사람이 마지막으로 선물한 물건이라면. 그것을 잃어버려 찾지 못하게 되었다면. 누구보다 큰 슬픔에 빠질 것이고, 물건을 찾기 위해 바구니를 거꾸로 뒤집어 탈탈 털듯이 온 세상을 뒤질 것이고, 더 이상 찾을 수 없다는 것을 깨달으면 좌절할 거예요. 어쩌면 자신을 탓할지도 모르죠.

저도 잃어버린 경험이 많아서 잘 알아요. 내게는 정말로 소중한 물건인데 세상 사람들은 관심이 없고, 나 혼자 애써보지만 결국 찾지 못하고 체념했죠. 하지만 신기하게도 그 이후로 중요한 물건은 잃어버리지 않기 위해 늘 시선이 닿는 곳에 두고, 자리를 나서기 전에 잊은 건 없는지 뒤돌아보는 습관이 생겼어요. 무언가를 잃어보니 비로소 지키는 방법을 알게 된 거죠.

사람을 잃어도 똑같아요. 누구에게나 첫사랑이라는 순간이 한 번쯤은 오는 것처럼 저에게도 봄날을 느끼게 해준 사람이 있었고, 저는 그 사람을 가을처럼 대하는 바람에 차가운 겨울을 불러왔죠. 사람을 잃어버리고 나서야 저는 결심했어요. 사람을 더 이상 잃지 않기 위해서 내가 했던 실수들을, 잘못들을 반복하지 않겠다고요.

2002년 월드컵 8강전 스페인과의 승부차기에서 호아킨의 슛을 막아냈던 골키퍼 이운재가 그 한 골을 막기 위해 수많은 골을 먹히고 몸을 던지며 스스로를 탓하고 노력해왔던 것처럼. 우리 또한 반드시 많은 실수와 안일함으로 골을 먹히고 낙담하겠지만 알게 되겠죠.

같은 방법으로 득점을 허용하지 않는 것.
사람과 물건을 잃어버리지 않기 위해
내가 하지 않아야 될 것들을.

◇ 결혼에 대하여

나는 결혼을 빨리하고 싶었던 사람이다.

현실을 잘 몰랐던 것이 한몫했겠지만, 어느 날 대형마트에서 한 부부를 본 뒤에 결혼에 대한 로망이 생겼기 때문이다. 아빠의 품에 아이가 안겨 있었고 엄마의 뱃속에는 아이가 또 있었는데 다정하게 카트를 끌며 음식을 고르는 모습이 너무 보기 좋았다. 그 둘의 시선도 달았다.

그 이후로 나는 '얼른 결혼해서 사랑하는 사람과 다정하게 장도 보고 행복한 날들을 보내야겠다'는 생각을 품고 살았다. 하지만 이런 나의 생각이 너무 어렸던 걸까. 우리의 사회가 자꾸 이상한 방향으로 흘러가는 걸까. 예전에는 결혼을 해야만 할 것 같았는데 지금은 아니다.

결혼을 하면 포기해야 할 것들이 너무 많다. 남자가 아닌 여자들의 경우에는 더더욱. 아이를 가지게 되면 몸도 힘들겠지만, 엄마라는 이름 안에 갇혀버릴 꿈들이 너무 많아진다. 엄마들도 엄마이기 전에 한 사람이다. 누구나처럼 꿈이 있었고 그걸 얻기 위해 똑같이 노력해온. 엄마를 위한 법들이 많이 생겨났다고 하지만 현실은 자신의 삶을 잃어가는 사람들이 더 많다.

내가 꿈을 이루기 위해 청춘을 다 바쳤는데 결혼함으로써 그것들을 모두 잃게 된다면 누가 그 결혼을 환영할까? 결혼을 해야만 서로를 더욱더 사랑하게 되는 것도 아닌데. 그래서 지금은 조금 생각을 달리한다. 정말로 내 곁에 오래오래 두고 싶은 사람이 생기면, 이제는 결혼을 바라는 것이 아니라 내 곁을 떠나기 싫을 정도로 너무너무 잘해줘야겠다고.

결혼은 결혼해도 삶을 잃지 않을 수 있을 때 해도 괜찮겠다고.

◇ 알 것 같아도 알 수 없는 그런 것

영 아니었던 사람도, 어긋났던 인연도 돌고 돌아 다시 만나면 그때는 어떻게 될지 모르는 거죠. 그동안 세워져 있던 둘 사이에 장벽은 폭삭 무너져 어느새 서로를 가장 많이 생각하는 사람이 될지 말이에요.

과거에는 맞지 않았던 인연이 시간이 지나 현재에서 딱 맞게 된다면 그때는 시기가 맞지 않아서, 땔감은 충분했으나 한쪽이 피워지기를 머뭇거려서 그런 거라고 생각하면 되겠죠.

긴 시간 고정관념처럼 이 사람은 아니라고 단정 짓고 살아왔어도 어느 순간 참 괜찮아 보이기도 하는, 인연은 참 알 것 같다가도 알 수 없는 그런 것.

○ 당신은 지금 어떤 사람을 만나고 있나요

좋은 사람을 만나는 것만으로도
나의 하루는 크게 달라진다.
말 하나로도 기분이 바뀌는 게 사람인데
사람이 주는 기운은 삶을 뒤흔들 만큼
영향력이 큰 법이라서.

◇ 안도

내 곁을 떠나간 사람이 아름답게 산다는 것은
배 아프고 화낼 일이 아니다.
나보다 행복해 보이고 잘 지내는 것 같다면
오히려 나는 그 사람에게 감사할 것이다.

내가 엉망진창의 삶을 살고 있다면
그 사람이 내 삶의 작은 동기부여가 되고

내가 여유 있는 행복한 삶을 살고 있다면
서로를 떠나 각자 괜찮은 지금을 살고 있구나 하고
미소 지을 수 있으니.

내 곁을 떠나간 사람이 어둡고 흐린 삶을 살고 있다면
내 마음도 결코 좋지는 않을 테니까.

◇ 친구야

꼭 누군가를 만나지 않아도 된다니까?
정말로 혼자 있는 것이 아무렇지도 않을 때
가장 편하게 느껴질 때.
그때 누군가를 만나도 괜찮아.

혼자 있는 외로움도 견디지 못하면서
사랑이 주는 외로움은 또 어떻게 견디려고.

◇ 슬럼프

「효리네 민박」이라는 예능 프로그램에서 한때 정상에 올랐던 가수 이효리가 후배 가수 아이유에게 한 말이 기억에 남는다. 박수칠 때 떠나는 것보다 더 힘든 것은 천천히 내려오는 것. 조금씩 나이 든 모습을 대중들에게 보이는 것, 후배들에게 밀리는 모습, 그걸 받아들일 마음의 준비가 전혀 안 되어 있었다는 말.

모르는 사람이 거의 없을 정도로 유명한 이효리와 나의 존재감을 감히 비할 수는 없겠지만 그래도 나도 나름의 그래프를 만들며 살아왔다. 작가로서 사람들에게 많이 알려졌던 시기, SNS에서 유명한 사람이라고 불리던 시기, 조금 무뎌지는 시기, 그리고 잔잔하게 흘러가는 시기.

모두의 삶에는 상승세와 하락세가 있다.
슬럼프가 낯설지 않은 것이 바로 그 이유 때문이다.

나도 한창 사람들에게 알려질 때는 아무런 걱정이 없었다. 예전보다 많은 사람들이 나를 알아봐주는 것이 그저 환영이었고 무서울 것이 없었다. 더 열심히 글을 썼고 사람들이 알아보고 공감해주는 것을 누렸다.

하지만 이내 무서워졌다. 위로 올라가는 승강기를 탔는데 알고 보니 그 목적지가 번지점프대인 것을 알게 된 것처럼. 언젠가는 반드시 떨어질 때가 오겠구나 하고 마음의 준비를 하는 것이 여간 쉬운 일이 아니었다. 상승을 처음 겪은 어린 청춘의 나에겐.

그래서 친구들이
"너 점점 더 유명해지는 거 아니야?"라고 말해올 때면
"에이, 무슨 소리야. 나는 한물갔지"라고 말하며 달콤한 소리들을 거부했다.

내 생각에 지금 나의 위치는 정상에 올랐다가 천천히 내려오는 길목에 서 있는 것 같다. 하지만 나도 모른다. 가장 높은 산에 오른 것 같다고 생각했는데 막상 올라보니 저 앞에 더 높은 산이 존재하는 것처럼 어쩌면 내 삶에도 아직 더 높은 상승과 더 낮은 하락이 남아 있을지도.

◇ 길이 있는 사람과 없는 사람

나그네와 방랑자는 크게 보면 떠도는 사람으로
비슷해 보이지만 자세히 들여다보면 다르다.

나그네는 잠시 자신이 살던 곳을 떠나
다른 곳에 머물거나 떠도는 사람이지만,
방랑자는 정한 곳 없이 이리저리 떠도는 사람을 뜻한다.

나그네로 사는 것과 방랑자로 사는 것.
자신이 내딛고 있는 걸음이 방황인지
아니면 잠시 여행인지 늘 고민해야 한다.

정해진 꿈도 없이 현실을 탓하며 도전하기를 거부하고
게으른 생활을 하면서도 넉넉한 여유를 갖기 원하는
배부른 태도로는 절대 삶을 변화시킬 수 없다.

노력으로 재능을 뛰어넘는 것은 힘들지만
또 웬만하면 노력해서 늘지 않는 것도 없다.

그러니 반복해서 실패하고 있다면
그만큼 노력이 절실하지 않았거나
자신의 길이 아닐 가능성이 크다.

'나는 실패자야.'

어설픈 노력으로 자신을 원망하지 마라.
잠자는 시간도 아까울 만큼 밤낮으로 노력하고
그 꿈을 위해 진정으로 온전한 하루를 쏟았던 적이 없다면
원망할 필요도 없다. 그건 노력이 부족했던 거니까.

지금도 세상을 뒤지며 열심히 자신의 길을 찾는 청춘들이여.
우리는 무엇이든 될 수 있고 어디로도 갈 수 있다.
가던 길을 계속 걷자.
아무런 이유 없이 방황하지 말자.

당신은 새로운 경험을 하고 싶은 '나그네'인가.
그저 떠돌 뿐인 '방랑자'인가.

스스로에게 자주 질문을 던지자.
그럴듯한 답을 찾기 전까지는.

◇ 구김

치열하게 살기로 했다.
그 누구의 눈치도 보지 않고
청춘이 무뎌지지도 않게
구겨지는 것을 두려워하지 않으며
나름대로의 구김 있는 삶을
꿈꾸며, 사랑하기로 했다.

◇ 각자의 삶입니다

각자의 삶을 존중해주세요.

바다에 가만히 앉아 파도소리를 듣는 사람과
파도를 타고 헤엄치는 사람,
그리고 멀리서 그저 바라보는 사람.

같은 장소에서도 이렇게 많은 행동으로 나뉘는 게 사람인데
이게 좋다, 저게 좋다,
서로 방향이 다른 삶까지 신경 쓰는 건
예의도 아닐뿐더러 실례입니다.

◯ 작별

결국에는 모든 것과 작별해야 할 시간이 온다.
찬란했던 꽃들도 어쩔 수 없이 지는 순간이 있고
먹구름 낀 하늘도 언젠가는 맑은 하늘이 되는 것처럼.

하지만 시들 것을 걱정해 꽃 하나 키우지 못하고,
이별을 먼저 생각해 깊어지기를 두려워하는 것.
결과를 생각하고 과정을 두려워하는 일을 하지 않아야겠다.
가끔은 작별이 너무 두려울 정도로
누군가를 사랑하는 것도 나쁘지 않다고 생각하니까.

등을 보인다는 것이 한때는
나를 두고 돌아선다는 뜻인 줄로만 알았지.
우리 함께 같은 곳을 바라보자는
그런 아름다운 이유인 줄 몰랐다.

◇ 관계의 흐름

시간이 갈수록 관계를 맺는 것이 두려워진다.

모든 관계의 시작은 비슷하다. 온 밤을 뒤져 가장 예쁜 단어 몇 개를 고르고 나와 그 사람 사이의 공백을 언제쯤 메울 수 있을 까 머뭇거리다가 덜컥 손잡는 것으로 서로 연인이 되기도, 사랑이 시작되면 꽃들이 노래하는 거리를 걸으며 가끔 내리는 소나기를 우산 하나로 견뎌내며 어느새 좁은 간격이 된 서로를 바라보는 것.

하지만 그것도 잠시 둘 사이에는 작은 틈이 생기고, 그 작은 틈이 다시 돌이킬 수 없을 정도로 아득히 멀어진다. 그렇게 서로 다른 세상 속 한 사람으로 놓인다.

관계의 흐름은 때로 잔잔하기도 거센 파도처럼 휘몰아치기도 한다. 아무리 좋아 보이는 연인들도 저마다의 걱정이 있으며, 서로를 존중하지 않는 관계의 끝은 결국 제자리로 돌아가는 일이다.

사람은 감정을 가지고 있기에 아름답지만, 감정을 가지고 있기에 동시에 슬프다. 언젠가는 막을 내릴 영화 같은 사랑을 한다 해도 그 끝에는 후회 없이 웃고 있는 내가 있었으면 좋겠다.

하지만 그러기에 오늘도 난 너무 연약한 마음을 가지고 살고 있다.

◇ 불확실함의 양면성

불확실함이라는 것은 불투명한 미래처럼
부정적인 의미로 받아들여지는 게 대부분이지만
때로는 무엇이 나올지 모르는 뽑기처럼
두근두근 설레기도 한다.

모든 것은 생각하기 나름이다.
내게 주어진 불확실함을 긍정적으로 받아들이면
어떤 예기치 못한 일들이 일어날지 모르는,
내일이 더욱 기다려지는 계기가 될지도 모르겠지만
부정적으로 받아들이면 한없이
어두운 생각들만 하게 될 것이다.

하루하루 어떤 마음가짐으로 사는가.
이게 가장 중요한 문제인데
우리는 지레 겁먹고 불안에만 떨고 있는 것은 아닐까.

◇ 함께 사는 집

사람이 집을 떠나기 전 청소하는 이유는 긴 시간 외출해도 언젠가는 다시 돌아오게 될 곳임을 알기 때문이다. 그 공간을 깨끗이 정돈해두는 것이리라.

누군가가 물었다.
"모두가 그만두라며 말렸어요. 하지만 저는 힘든 것도 모르고 그 사람을 만났고, 심지어 이별 통보까지 받았지만 잊을 수가 없어요. 기다리고 기다리다 보면 다시 오지 않을까요?"

나는 답했다.
"다시 올 사람이라면 기다리고 기다리면 언젠가는 돌아오겠죠. 하지만 그 사람은 이미 당신과 함께 사는 집을 더럽힌 셈이에요. 그 사랑 속에서 평생 살 마음이었으면 당신을 그렇게 힘들게 만들 필요가 있었을까요. 더러워진 방을 혼자 치웠던 일로도 충분해요. 당신이 더 이상 힘들지 않았으면 해요. 그럴 필요는 없어요."

○ 강

친한 친구와 다툰 적이 있을 겁니다. 욱하는 마음에 뱉은 날카로운 말이 누구보다 가까웠던 둘의 간격을 아득해질 만큼 멀어지게 만든 적이 있을 거고요. 다시는 좋았던 그때처럼 웃으며 마주할 수 없을 것 같아서 두렵기도 하고, 섣불리 다가갈 수도 없어 멀리서 눈치만 보고 있을 수도 있겠네요.

저도 그런 적이 있었어요. 친구와 넘지 못할 강을 사이에 두고 서로 바라만 보던 때가 있었죠. 그때는 그 강이 이만큼 깊고 넓어졌다는 것을 알고 싶지 않아서, 차마 그 강을 건널 시도조차 하지 못했어요.

그런데 알고 보니 그 강은 제 자존심이었습니다. 내가 먼저 사과하기는 싫고 그렇다고 멀어지는 것은 두려운, 그러나 사과할 타이밍을 찾다가 이미 지나가버린 것 같아서 또 머뭇거리고. 친구와의 관계는 점점 더 바닥으로 가라앉고.

그때부터 넘지 못할 강은 많지 않다고 생각하게 된 것 같아요.
내 자존심만 지키는 것이 아니라 관계를 지켜야겠다고 생각하
면 자연스레 놓아지는 것이 자존심이니까요.

미안할 때 충분히 미안해하고,
고마울 때 충분히 고마워하며 삽시다.
그럼 관계를 잃어버리는 횟수가 점점 줄어들 거예요.

◇ 선의

나의 선의가 상대방에게는
언제나 환영이 아닐 수도 있다는 것을 알게 된 이후부터는
오지랖과 방관 사이에 서서 어쩔 줄을 몰라 한다.

마음은 항상 상대방을 위하면서도
나의 행동이 그에게 부담이지 않을까 하고.

◇ 아직 가지 않은 길

사랑은 어떻게 보면 혼자서 열차를 타는 일이다.
그토록 바라던 마성 같은 매력의 사람이
내 옆자리에 우연히 앉을 수도 있으나
아무도 앉지 않을 수도 있다.
누가 내 옆에 앉을지는 예측할 수 없으며,
나란히 열차를 타고 갔다고 해서
반드시 사랑이 이루어지는 것도 아니다.
우리는 종종 누군가에게 옆자리를 내어주고도
밝지 않은 결말로 서로를 보내기도 하지만
내 인생의 목표는 언제나 종착역까지
도착한 줄도 모르고 서로 웃고 떠들
누군가를 만나는 일이다.

◇ 나의 힘

모두가 안 될 거라 말해도 상관없어.
내가 살아가는 힘을 얻는 것은
성공할 가능성 따위가 아니라
얼마나 후회 없는 시간을 보냈는지다.

행복할 가능성에 집중하는 것이
내가 힘을 얻는 방식이니까.

◇ 추측

감정을 추측하게 만들지 말아요. 문을 쿵 하고 세게 닫는다거나, 밥을 먹으면서 눈도 마주치지 않는다거나, 또 의미 없는 한숨으로 공기를 무겁게 만들지 말아요. 감정은 눈빛과 말로 전해야 하는 거지. 다른 것들로 전하면 오해할 수 있어요. 의도하지 않은 상처까지 얻을 수 있죠.

나는 그러지 않을게요. 당신을 좋아하는 마음은 어떤 식으로든 표현하겠지만 혹여나 서로 마음 상하는 일이 생겨도 조용한 대화로 우리 사이를 살려낼게요. 당신과 다투는 건 별로 의미가 없어요. 각박하고 지친 세상에서 고군분투하는 당신에게, 나는 안도감을 줄 수 있는 유일한 사람이고 싶거든요. 또 다른 스트레스를 주는 사람이 아니라.

◇ 정답

재밌는 일은 짧게 자주 하면 더 재밌고
지루한 일은 한번에 몰아서 하면 좋다고 한다.
모든 것이 습관이 되기 때문이라고 하는데
지루한 일은 지루해서 오래 못하고
재밌는 일은 자꾸 생각나서 하게 되는데
어떻게 그럴 수가 있는 거지.

나는 나대로 사는 게 더 좋다.
세상의 규칙과 실험을 통해 입증된 결과들을 믿고
정답이라 생각하고 사는 것보다
내가 끌리는 것을 선택하는 게 정답이니까.

나는 앞으로도 재밌는 일을 몰아서 할 거고
지루한 일은 가끔씩 자주 할 거다.
그게 내가 행복해지는 길이라고 믿는다.

◇ 각자의 역할

세상 참 요란하지만 각자의 역할이 있다.
누군가가 밥을 준비하면
누군가는 식탁을 펴 반찬을 놓고
먼저 길을 가보고 방향을 말해주는 사람과
뒤따르며 앞에서 미처 챙기지 못한 것들을
잔뜩 끌어안고 오는 사람.

태어날 때부터 역할이 정해져 있던 건 아니지만
우리는 눈치껏 역할을 나누며 살아가고 있다.

그게 우리가 미처 예상치 못한 일들 앞에서도
침착하고 유연하게 살 수 있는 방법이다.

◇ 거짓 소문

누군가 나에 대해 거짓으로 소문을 퍼뜨리고 다닌다면
철저히 무시하세요.

열을 내지도 말고, 바라보되 동요하지 마세요.
사실이 아닌 말은 결국 드러나게 되어 있어요.

우리가 그 말에 흥분하고 화를 내는 건
그 사람이 가장 의도하는 거겠죠.

내가 한 일이 아니라면 떳떳하다면
숨을 이유는 없습니다.

우리가 두려움에 떨어야 할 이유가 없어요.

○ 서프라이즈

어느 정도는 기쁜 내색을 해줘야

내가 준비했던 것들에 더욱 보람을 느끼는 일.

◇ 내 모습

자꾸만 비교하게 되고
지독했던 어제와 두려운 내일 사이에서
편하게 잠 못 들고
시간이 많았음에도 낭비했고
이런저런 일들이 많아서 핑계를 만들었고
만남을 미뤘고 관계에 소홀했고
나를 꾸짖다가 울었고
그런 나를 위로해주는 사람을 만나
뜨거운 사랑을 하기도 했고
세탁기에 돌리듯 감정들을 빨았고
무미건조해진 마음은 다시
소나기를 만나 흠뻑 젖기도 했던
어쩌면 지금의 내 모습.

미숙했던 과거의 나.

○ 당신의 삶은 어떤가요

남들에게 보여주기 위해 무엇을 하는 것과 끌리는 무엇을 하고 있는 내가 남들에게 비춰지는 것은 엄연히 다르다. 당신은 지금 어떻게 살고 있나요. 당신의 삶이 진짜 행복인 건가요. 아니면 행복한 척하는 삶을 사는 건가요.

◇ 타인의 빛

타인의 평가가 두렵다고 해서 자신을 믿지 못하고 스스로 타인이 되려 하지 말아요. 천천히 빛나는 과정을 겪어야지 처음부터 타인의 빛을 부러워하면, 당신과 정말 어울리는 빛이 어떤 것인지 모르고 삶을 끝낼지도 몰라요. 당신이 가진 것을 떠올려봐요. 감성이 뛰어난, 혼자 깊이 생각하고, 그 생각을 표현할 줄 아는. 안 본 영화가 없을 정도로 영화를 좋아해서 누군가 영화를 추천해달라고 하면 그 사람이 선호하는 장르의 영화들을 줄줄이 말할 수 있는. 어쩌면 당신은 지금 타인이 부러워하는 빛을 가진 사람일지도 몰라요.

그게 당신만의 색이고 가장 아름다운 빛이에요.

◇ 내가 만드는 나의 삶

다른 사람에게서 답을 찾는 습관을 버려야 한다. 그게 사랑이
든, 인생에서 중요한 문제든 간에. 타인의 답은 아무런 의미가
없다. 하나 도움이 되는 게 있다면 다른 시각으로 나의 문제를
바라볼 수 있다는 것뿐. 온전한 나의 선택으로 실패도 해보고,
달콤한 순간도 겪어봐야 흔들리지 않는 마음을 가질 수 있다.
모든 순간과 모든 행동은 '내'가 만드는 것임을 기억하자. 타인
이 나의 삶을 꾸며서는 안 된다.

◇ 관계의 빛

관계의 아름다움은

서로의 약점을

적당히 모른척해 줄 때

더 빛난다.

◇ 부러움

산 정상에 있는 사람이 부러워서
다음 날 기어코 산을 올라
아래를 내려다보았는데
다시금 거리를 걷는 사람들이 부러워졌다.

그제서야 뒤늦게 깨달았던 것 같다.
부러움은 시작하면 끝도 없고
적당히 만족하며 사는 게 행복이라는걸.

◇ 관계의 밤낮

하룻밤이 지나면 새로이 오는 아침처럼 관계에도 밤낮이 있다. 나는 낮이라고 생각했는데, 상대가 생각하는 우리의 관계는 밤일 수도 있는 것이다. 관계의 명암을 살필 줄 아는 능력이 늘었으면 좋겠다. 적당한 눈치가 있으면 잃어버릴 관계도 되찾을 가능성이 높아지니까.

◇ 꼰대

간혹 인간관계에서 나이로 누군가의 위에 서는 사람이 있다.
나를 편하게 대할 수 있는 권리는 나보다 나이가 많은 사람이
아닌 나와 깊은 친밀함을 가지고 있는 사람이 가질 수 있는
건데.

◇ 부탁의 경계

부탁은 강요하는 순간 부탁이 아니게 된다.
적어도 누군가에게 부탁할 때는
상대가 무조건 내 말을 들어줄 거라는 확신을 버리자.
그 쓸데없는 확신이 부탁받은 사람들을 속 좁게 만든다.

◇ 다툼의 방식

관계를 유지하면서 가장 중요한 건
다툼의 유무가 아니라 다툼의 방식이다.

욕하고 소리치는 다툼,
나긋한 태도로 각자의 생각을 묻는 다툼.

요즘 사람들은 화를 내는 것에 대한
공포감을 가지고 있는 것 같다.
화를 내면 이 사람이 나를 떠나가지는 않을까 하고,
괜히 화를 내서 이 관계를 망칠까봐 두려워하며
화를 참는 것이다.

하지만 그런 방법으로는 관계를 건강하게 만들지 못한다.
마음에 걸리는 게 있으면 말을 해야 하고
화가 나는 게 있다면 화를 낼 줄도 알아야 한다.

단 서로를 헐뜯는 다툼이 아니라
각자의 의견을 말하며
합의점을 찾으려고 하는 다툼.

같은 다툼이라고 해도
서로의 마음을 얼마나 배려하는지에 따라
관계가 상함 정도가 크게 차이날 수 있다.

◇ 둥근 말

조금만 둥글게 생각하고 다듬어서 말하면 예쁜 사랑에 도움이 되지만, 많은 관계에서도 참 괜찮은 사람이라고 인정받을 가능성이 높다. 툭툭 내뱉는 말, 칼같이 날카로운 말들은 마음과 입을 거치면서 상대에게 아픔을 주기 전에 나 자신을 스스로 깎아내린다. 명심하자.

◇ 지나간 버스

지나간 버스에서
당신이 떨어져 나갔든
자발적으로 내렸든
딱 하나 확실한 건
그 버스가 더 이상 당신을 행복으로
데려다주지 않는다는 것.

그러니 그 버스에 타 있을 누군가를
너무 그리워하지는 말라는 것이다.
마음처럼 되지는 않겠지만 그래도.

◇ 작은 각오

나는 내 곁으로 다가오는 사람들을
신뢰하기 위해 늘 애썼고 그래서 망가졌다.
여러 사람들을 겪으며 울고 웃다
많은 시간이 흐른 지금 드는 생각은
그 누구도 쉽게 믿지 말자는 것이 아니라
그 누구도 나에게 상처를 줄 수 있으니
누군가를 믿고 싶을 때는
어느 정도 각오는 하고 믿자는 다짐이다.

◇ 고독의 필요성

적당한 고독은 자기 자신의 아주 깊숙한 부분까지 들여다볼
수 있는 좋은 기회다. 사람들 사이에서 벗어나 혼자만의 시간
에 잠기는 일은 떠오르지 않던 것들이 떠오르고, 복잡하게 얽
혀 있던 것들은 풀어지는 마법 같은 일을 경험하게 해준다. 그
래서 우리에게는 고독이라는 멈춤이 필요하다. 많은 사람들은
지나치게 많은 것들을 신경 쓰며 살고, 또 쉬어갈 시간도 아깝
다며 잠시도 생각하기를 멈추지 않는다. 하지만 결국 힘들어지
는 것은 자신이다.

길이 막힌 것 같으면 잠시 쉬어가자.
고독이 오면 고독을 맞이하자.
사공이 많으면 배가 산으로 간다는 말처럼
지나치게 많은 생각들은 독이다.

◇ 외적인 아름다움

우리는 외적인 아름다움을 가꿔야 한다.
외모를 가꾸고 멋진 옷으로 치장하라는 말이 아니다.

내가 말하는 외적인 아름다움이라는 것은
따뜻한 행동이다.

많은 사람들은 말한다.
내적인 아름다움을 가꿔야 한다고.
허나 내적인 아름다움만으로는
세상을 바꿀 수가 없다.

무거운 짐을 가진 노인을 보고
측은한 마음만 가지고 행동하지 않는다면
세상이 바뀔 수 있을까.
거리에서 일어나는 사건 사고들.
그들을 진심으로 안타깝게 바라보는 것만으로
그 피해자들을 살려낼 수 있을까.

그러니

내적인 아름다움만을 중요하게 생각하지 마라.
행동이 없으면 결국 타인에 대한 연민도
내 마음속에서만 맴도는 따뜻함일지도 모른다.

◇ 경계

타인에 대한 경계를 멈추지 않았던 때가 있다.
큰 상처를 받고 다른 사람을 들이기가 쉽지 않았던 때
똑같은 상처를 피해 가기 위해서라도
내게로 오는 아름다운 말들과 행동들을 경계했던.

그때는 그래야만 했다.
상처를 받았던 그 순간이 너무 아팠기 때문이다.

지금 생각해보면 적당한 경계는 필요한 것 같다.

다가오는 사람들이 아무리 진심이라고 해도
내 마음은 그 말들을 쉽게 믿을 수가 없고,

또 말은 진심이라고 하지만
금방 변해버릴 수도 있는 것이 마음이기 때문이다.

관계를 맺을 때 무작정 덤벼들지 마라.
적당한 경계는 운동을 하기 전 몸을 푸는 것처럼
관계가 깊어지기 전 준비운동을 하는 것이다.

서둘러 맺은 인연은
그만큼 완전하지 못하기 때문에.

○ 성장통

청춘이 금방이라도 부서질 듯 위태로운 것은
불확실성 때문이다.
사춘기 시절 성장통에 몸 한구석이 뻐근했던 것처럼
청춘의 길에도 수많은 성장통들이 기다리고 있다.

적당한 통증은 사람을 성숙하게 만든다고 믿는다.
바다에 있는 바위가 긴 시간 파도를 맞으며
서서히 깎이고 멋있는 모양새가 된 것도
바위의 삶에 적당한 마찰이 있었기 때문이다.

인생은 무한히 질주할 수 없다.
우리의 삶에 신호등 하나 없는 것도 아니고
가끔은 느리게 어쩔 땐 급하게 달리며
여러 구간을 통과해야 하는 게 인생이다.

그러므로 멈춰야 할 때 멈출 줄 아는 것.
간간이 숨어 있는 통증을 피하지 않는 것.

더 단단한 삶을 위해서
조금은 견뎌야 할 일들이 아닐까 싶다.

◇ 거절을 겁내지 말 것

스스로 더 단단한 사람이 되기 위해서는 거절을 겁내지 말아야 한다.

'하지만 부탁을 거절하면 이 사람이 나를 싫어하지 않을까?

아니다. 물론 싫어하게 될 수도 있겠지만 부탁을 거절했다는 이유로 나를 싫어한다면 딱 그 정도의 인연인 것이다. 친밀하다고 해서 모든 걸 공유해야 할 필요도 없으며, 모든 것에 호의적일 필요도 없다.

◯ 자책하지 마라

어떤 사람도 나의 가치를 깎아내릴 수는 없고, 너의 존재도 무너뜨릴 수 없다. 찬란하고 눈부신 것들을 시기하는 사람들에게 종종 미움받을 수는 있겠지만, 그렇다고 나의 가치와 너의 존재가 작아지고 없어지는 게 아니다. 상처 주는 사람을 만나서 마음 아픈 사랑을 했고, 그로 인해 사람을 멀리하게 됐다고 해도 그건 너를 그렇게 만든 사람이 잘못한 것임을.

그러니 자책하지 않아도 된다.

◇ 적당한 만족

모든 게 완벽할 수는 없다.
가끔은 내가 정해놓은 곳까지
도달하지 못한다고 해도
실망하지 않고 적당히 만족하는 법을
배울 필요도 있다.
그래야 삶이 조금은 편해진다.

◇ 다른 사람

바꿀 수 없는 것들을 억지로 바꾸려 하지 말아요.
사람은 태어나면서 각자 다른 성질로 태어나는 법이에요.
왼손으로 글을 쓰는 게 더 편한 사람에게
오른손으로 글을 쓰는 게 맞다며 변화를 강요하는 일이나
남자는 여자를 좋아해야 하고 여자는 남자를 좋아해야 한다며
사랑의 의미를 정의해버리는 일도 너무나 고통스러운 일이죠.

자신만의 기준으로 상대방을 재단하지 말아요.
어쩌면 그들에게도 우리는
기준에 맞지 않는 다른 사람일 수도 있으니.

◯ 나의 결정

온전한 나의 의지로 생각을 시작하고
끝마치는 연습을 하는 것.
참으로 중요한 일이 아닐 수 없다.

나의 의지로 무언가를 선택하고,
그로 인해 무언가에 실패하고
이런 과정들이 모여서 우리는 더 단단한 어른이 된다.

자신에게 묻지 않고 남들의 의견을 더 묻는 편이라면
오늘부터라도 후회 없이 스스로 결정해보는 것은 어떨까?
그 선택이 결코 완벽하지는 않더라도.

◇ 미완성 인생

완벽한 사람은 없다.
실수 없는 과거 또한 없다.

하지만 그렇기에 우리는 예측 불가능한 순간들을
살아가면서 마주할 수 있고 또 느낄 수 있다.

당신이 과거에 소홀했던 것들.
사랑의 실패 혹은 우정을 잃었던 순간.
그것들이 있기에 지금의 당신이 있다.

기억하자.
우리의 미완성을.

만약 인생이 퍼즐이라면
지금은 퍼즐을 완벽히 맞출 때가 아니라
아직 조각들을 모아야 할 때니까.

○ 나는 오늘에 살고 있다

우리는 언젠가 죽을 거예요.
그때는 모든 것들을 세상에 놓고 떠나야 합니다.

'카르페 디엠'

나는 이 말이 참 좋습니다.
'현재를 즐겨라'라는 이 말 안에는
내 곁에 있는 사람들을,
미루기만 했던 순간 속의 즐거움들을,
충실히 사랑하며 살아가라는
모든 마음이 담겨 있으니까요.

추운 겨울 당신의 허전한 목을 보고
그 목에 따뜻한 목도리를 사서
둘러주고 싶다는 생각을 했어요.
그리고 오늘 당신에게 목도리를 주었죠.

이 불안이 싫지만은 않네요.
항상 내게 내일은 없을 수도 있다며 불안해하곤 했었는데,
그 불안이 내일보다 오늘 더 당신을
사랑하게 만들 줄은 몰랐거든요.

에필로그

이 책을 쓰는 동안 사계절을 가만히 관찰했습니다.

봄은 따뜻했고 여름은 붉었습니다.
가을은 겨울보다 먼저 찾아와 추위에 적응할 수 있게
서서히 세상의 온도를 내려주었습니다.

그 사이 많은 인연을 만났고 적당히 헤어졌습니다.
세상 모든 것들이 결국 제자리를 찾아가는 것처럼
각자 있던 곳으로 걸음을 돌렸습니다.

앞으로 쓰는 일을 더욱 가까이해야겠습니다.
희미하게 기억이 나지만 자세히 떠오르지 않아서
놓친 이야기들이 많다는 것을 새삼 느꼈기 때문입니다.

다음 버킷리스트로 뭐가 좋을지는 서서히 정해봐야겠습니다.
우리 모두 후회 없이 인생을 사는 일에 집중합시다.

시간은 흐르며 돌아오지 않고
지금 이 순간이 아니면
다음에는 어쩌면 더 힘들지도 모릅니다.

지금 이 순간 행복합시다.
내일은 멀어요.

내가 소홀했던 것들

1판 1쇄 발행 2018년 1월 17일
1판 14쇄 발행 2024년 10월 25일

지은이 흔글

발행인 양원석
편집장 차선화
영업마케팅 윤송, 김지현, 이현주
펴낸 곳 ㈜알에이치코리아
주소 서울시 금천구 가산디지털2로 53, 20층 (가산동, 한라시그마밸리)
편집문의 02-6443-8916　　**도서문의** 02-6443-8800
홈페이지 http://rhk.co.kr
등록 2004년 1월 15일 제2-3726호

ISBN 978-89-255-6302-2 (03810)